The Mule-Bone

Une comédie sur la vie des nègres en trois actes

Langston Hughes, Zora Neale Hurston

Writat

Cette édition parue en 2024

ISBN : 9789359946641

Publié par
Writat
email : info@writat.com

Contenu

PERSONNAGES

JIM WESTON : Guitariste, méthodiste, légèrement arrogant, agressif, quelque peu suffisant, prêt à parler.

DAVE CARTER : Danseur, baptiste, personnage doux et insouciant, légèrement stupide et incapable de parler rapidement et avec esprit.

MARGUERITE TAYLOR.
Méthodiste, domestique, dodue, sombre et sexy, soucieuse de ses vêtements et de son attrait, inconstante.

JOE CLARK.
Le Maire, commerçant et maître de poste, arrogant, ignorant et puissant d'une manière affirmée, grand et gros homme, méthodiste.

L'AÎNÉ SIMMS.
Ministre méthodiste, nouveau venu en ville, ambitieux, petit et volant, mais pas très intelligent.

ENFANTS AÎNÉS.
Grand, lâche, parlant lentement mais pas stupide. Résident de longue date de la commune, calme et sûr de lui.

KATIE CARTER : La tante de Dave, une petite vieille dame desséchée.

MME. HATTIE CLARK.
L'épouse du maire, mulâtresse grosse et flasque, voix haut perchée.

LA MME. TOUR. SIMMS.
Grand et agressif.

LA MME. TOUR. ENFANTS.
Juste une femme qui pense aux détails.

LUM BOGER.
Jeune maréchal de ville d'une vingtaine d'années, grand, dégingandé, avec de grands pieds plats, aimait s'exhiber en public.

TEET MILLER : Un vampire du village jaloux de DAISY.

LIGE MOSELY : Un farceur de village.

WALTER THOMAS.
Une autre plaisanterie du village.

ADA LEWIS : Un amant promiscuité.

DELLA LEWIS : Baptiste, pauvre femme de ménage, mère d'ADA.

BOOTSIE PITTS : Un vampire local.

MME. DILCIE ANDERSON : Femme au foyer du village, méthodiste.

WILLIE NIXON.
Méthodiste, petit avorton.

- 2 -

ACTE UN

CADRE : Le porche surélevé du magasin JOE CLARK'S et la rue en face. Le porche s'étend presque entièrement sur la scène, avec un banc en planches à chaque extrémité. Au centre du porche, trois marches mènent à la rue. Arrière du porche, centre, porte du magasin. De chaque côté se trouvent des vitrines uniques sur lesquelles sont peintes, à gauche, « BUREAU DE POSTE » et à droite, « MAGASIN GÉNÉRAL ». Boîtes à savon, manches de hache, petits fûts, etc., sur le porche sur lequel les citadins s'assoient et se prélassent pendant l'action. Au-dessus du toit du porche, la « fausse façade », ou imitation du deuxième étage du magasin, est visible avec une grande enseigne peinte dessus « JOE CLARK'S GENERAL STORE ». Grand lampadaire au kérosène sur poteau juste devant le porche.

Samedi après-midi et les villageois sont rassemblés autour du magasin. Plusieurs hommes assis sur des caisses au bord d'un porche mâchent de la canne à sucre, crachent du jus de tabac, se disputent, certains taillent, d'autres mangent des cacahuètes. Pendant l'acte, les femmes toutes vêtues de robes amidonnées défilent dans et hors du magasin. Des gens qui font l'épicerie, des enfants qui jouent dans la rue, etc. Bruit général de conversation, rires et cris d'enfants. Mais quand le rideau se lève, c'est une accalmie momentanée pour le mâchage de la canne. À gauche du porche, quatre hommes jouent aux cartes sur une boîte à savon, et assis sur le bord du porche, à l'extrême droite, deux enfants jouent aux dames, le plateau étant posé sur le sol entre eux.

Lorsque le rideau se lève, les personnages suivants sont découverts sur le porche : LE MAIRE JOE CLARK, le commerçant ; DIACRE HAMBO ; DIACRE GOODWIN ; Vieil homme MATT BRAZZLE ; SERA CODY ; SYKES JONES ; LUM BOGER, le jeune maréchal de la ville ; LIGE MOSELY et WALTER THOMAS, deux farceurs du village ; TOM NIXON et SAM MOSELY, et plusieurs autres, assis sur des caisses, des fûts, des bancs et sur le sol du porche. TONY TAYLOR est assis sur les marches du porche avec un panier vide. MME. TAYLOR sort les bras chargés de courses, les vide dans le panier et retourne au magasin. Tous les hommes mâchent sérieusement la canne à sucre avec des expressions faciales variées. Le bruit du bris et de la succion de la canne s'entend clairement dans le silence. Parfois, des rires et des cris d'enfants se font entendre à proximité de la scène.

HAMBO.
(À BRAZZLE) Dis, Matt, donne-moi un ou deux coups de canne verte — cette canne à ruban est dure.

LIGE.

Ouais, et tu n'as pas de chears dans ton salon que tu as.

HAMBO.

Tout va bien, Lige, mais je parie qu'en ce moment, avec les quelques dents que j'ai, je vais manger plus de canne que vous en cultivez.

LIGE.

Je sais que vous êtes un parent et c'est pour cela que je ne vais pas vous tenter. Mais tu vieillis à bien des égards – regarde ce chauve – aussi propre que ma main. (Expose sa paume).

HAMBO.

Ne vous inquiétez pas si c'est... je ne veux rien, pas même des cheveux, entre moi et Dieu. (Rires généraux – LIGE se joint également à lui. La mastication de la canne continue. Silence un instant.)

(Hors scène, une voix aiguë et aiguë peut être entendue appelant :)

VOIX.

Sœur Mosely, oh, sœur Mosely ! (Une pause) Madame Mosely ! (Très irritée) Oh, sœur Mattie ! Vous m'entendez ici, vous ne répondrez tout simplement pas !

VOIX DE MME. MOSÉLY.

Whoo-ee… quelqu'un m'appelle ?

VOIX DE MME. ROBERTS.

(En colère) Peu importe maintenant, tu n'as pas pu venir quand je t'ai appelé. Je ne veux pas de tes feuilles de navet, petit vieux Weasley. (Silence)

BRAZZLE MAT.

Sœur Roberts est de retour en ville ! Si elle était à moi, je serais viré si je ne la décomposais pas en lignes (longes) – aussi bon que cet homme soit pour elle !

HAMBO.

J'aimerais qu'elle soit à moi un jour - la première fois qu'elle ouvrirait son mouf pour supplier *quelqu'un* , je l'appellerais avec la foudre.

JOE CLARK.

Mon Dieu, Jake Roberts achète plus de rations dans ce magasin que n'importe quel homme de cette ville. Je ne vois pas ma Créatrice ce qu'elle fait avec tout cela…. La voici venir….

(Entre Mme JAKE ROBERTS, une lourde femme brun clair avec un panier sur le bras. Un garçon d'une dizaine d'années marche à côté d'elle, portant un petit enfant d'environ un an à cheval sur son dos. Ses jupes balayent le sol. Elle s'approche de marche, pose un pied sur les marches et regarde tristement tous les hommes, puis fixe son regard sur JOE CLARK.)

MME. ROBERTS.
Soirée, frère maire.

CLAIRE.
Bonjour, Mme Roberts. Comment va ton mari ?

MME. ROBERTS.
(Commençant sa plainte professionnelle) : Il ne vaut pas grand-chose et je ne suis pas grand-chose et mon chillun est poly. Nous n'avons pas assez à manger ! Lawd, M. Clark, donnez-moi un petit morceau de viande d'accompagnement pour nous cuisiner une casserole de légumes verts.

CLAIRE.
Oh mon Dieu, sœur Roberts. Tu as plein de bacon à la maison. La semaine dernière, Jake a acheté….

MME. ROBERTS.
(Frénétiquement) Lawd, Mist' Clark, combien de temps penses-tu que ce petit morceau de viande durera pour moi et mon chillun ? Lawd, mon chillun et moi avons *faim* ! Dieu sait, Jake ne m'a pas besoin !

(M. CLARK reste impassible. Mme. ROBERTS s'avance vers lui)

Brume Clark !

CLAIRE.
Moi, mon Dieu, femme, ne me poursuis pas ! Chaque fois que je regarde, vous êtes ici et vous mendiez pour tout ce que vous voyez.

LIGE.
Et ce qu'elle ne voit pas, elle s'en réjouit tout de même.

MME. ROBERTS.
(Dans une pose de supplication dramatique) Mist' Clark ! Tu ne fais rien pour moi ? Et tu me vois et mon pauvre chillun est affamé….

CLAIRE.
(Il se lève, exaspéré) Mon Dieu, femme, un homme ne peut pas avoir la paix avec quelqu'un comme toi en ville. (Il entre en colère dans le magasin suivi de Mme ROBERTS. Le garçon s'assoit sur le bord du porche en train de sucer le pouce du bébé.)

VOIX DE MME. ROBERTS.
Un morceau à propos de tout cela….

VOIX DE CLARK.
Mon Dieu, non ! Votre mari vous a déjà acheté beaucoup de viande, mais pas du tout.

VOIX DE MME. ROBERTS.
(Très angoissé) Aïe ! Brume Clark ! Ne coupe pas ce petit morceau de viande pour moi et mon chillun ! (Bruit de pas qui courent à l'intérieur du magasin.) Je ne vais pas l'apprendre !

VOIX DE CLARK.
Eh bien, n'y touchez pas alors. C'est tout ce que tu vas me faire.

VOIX DE MME. ROBERTS.
(Plus calme) Eh bien, donne-le à Chear Den. Lawd, mon chillun et moi avons *tellement* faim…. Jake ne m'a pas besoin. (Elle rentre par la porte du magasin avec le morceau de viande à la main et un air indigné sur le visage. Elle regarde tout autour d'elle en signe de sympathie.) Lawd, moi et mon pauvre chillun avons *tellement* faim… et certaines personnes ont tout_tout. et ils sont tellement *avares* et captivants…. Lawd le sait, Jake n'a pas besoin de moi ! (Elle sort juste sur cette ligne suivie du garçon avec le bébé sur le dos.)

(Tous les hommes se regardent derrière elle, puis les uns les autres et secouent la tête.)

HAMBO.
Pauvre Jake. Je suis vraiment désolé pour cet homme. Si elle était à moi, je la battrais jusqu'à ce que ses oreilles pendent comme une mule de Georgy.

WALTER THOMAS.
Je la battrais jusqu'à ce qu'elle sente l'oignon.

LIGE.
Je m'ébattrais sur elle jusqu'à ce qu'elle se détende comme du citron vert.

NIXON.
Je la piétinerais jusqu'à ce qu'elle fasse une corde comme du gombo.

VOIX DE MME. ROBERTS.
(Hors scène à droite) Lawd, Miz Lewis, vous allez me donner ce petit paquet de légumes verts pour moi et mon chillun. Pourquoi ce n'est pas plein les yeux. Je ne devrais pas les prendre… mais mon chillun et moi avons *tellement* faim…. Certaines personnes sont tellement avares et capricieuses ! Lawd le sait, Tony ne me *nourrit pas* !

(Le bruit de la mastication de la canne se fait à nouveau entendre. Entre JOE LINDSAY à gauche avec un fusil sur l'épaule et le gros os d'une jambe de mulet dans l'autre main. Il s'approche de la marche avec lassitude.)

HAMBO.
Eh bien, as-tu mangé des perdrix, Joe ?

JOE.
(Il repose son arme et s'assoit) Non, mais j'ai fait voler les plumes.

HAMBO.
Je ne vois aucun oiseau.

JOE.
Oh, les plumes des oiseaux se sont envolées.

LIGE.
Je ne vois rien d'autre que cet os. Regardez, vous avez fini de tuer une vache et je suis à vif dans les bois.

JOE.
Vous ne connaissez pas cet os du jarret ?

WALTER.
Comment pensez-vous que nous puissions connaître tous les jarrets du comté d'Orange sans être vus ?

JOE.
(Debout l'os sur le sol du porche) Dis est un jarret de la vieille mule yaller de Brazzle.

(Intérêt général satisfait. Tout le monde veut le toucher.)

BRASSAGE.
(S'avançant) Eh bien, monsieur ! (Il prend l'os à deux mains et le regarde de haut en bas) Si ça ne contamine pas ma vieille mule ! Cette femme était aussi une sacrée mule. Il se battrait à chaque centimètre devant la charrue... il renverserait la tondeuse... s'enfuirait avec le chariot... et tu ferais mieux de ne pas avoir l'air de vouloir *le monter* !

LINDSAY.
(Rires) Ouais, je pense que je t'ai vu arriver sur la route juste pour ça... (Il boite avec une main sur ses fesses) un jour.

BRASSAGE.
Dis Mule était si méchant qu'il essayait de mordre et de donner des coups de pied quand j'entrais dans l'écurie pour le nourrir.

WALTER.
Il était trop méchant pour grossir. Il était si maigre qu'on pouvait laver ses côtes pendant une semaine pour une planche à laver et les accrocher sur ses hanches pour les faire sécher.

LIGE.

Je me souviens qu'un jour, Brazzle, tu as envoyé ton garçon à Winter Park après avoir fait quelques courses avec un panier. Alors voilà, il a descendu la route à cheval sur sa mule avec ce panier sur le bras.... Qu'est-ce que tu penses que ce vieux mulet contraire a fait quand il est arrivé à cet endroit tortueux sur la route qui contourne Park Lake ? Il s'est retourné à droite et a traversé l'anse de ce panier... avec le garçon toujours sur le dos. (Rire général)

BRASSAGE.

Ouais, il s'est levé et est mort un samedi juste par dépit... mais il était trop contraire pour se coucher sur le côté comme un mulet et mourir convenablement. Non, il a fait semblant de s'allonger sur son dos plus contracté et de mourir avec les pieds tendus dans les airs, juste comme ça. (Il se met sur le dos et illustre.) Nous l'avons emmené dans le marais avec lui, n'est-ce pas, Hambo ?

JOE   CLARK.

Mon Dieu, Brazzle, nous l'avons tous vu. Ne sommes-nous pas tous allés sortir ? Plus de gens sont allés chez vos mulets qu'à la dernière fermeture de l'école.... Je parie qu'il n'y a rien eu de bien dans l'enfer des mules depuis quatre ans.

HAMBO.

Cela fait longtemps qu'il n'est pas mort ?

CLAIRE.

Moi mon Dieu, oui. Il est mort la semaine après que j'ai commencé à travailler sur ce nouveau terrain.

(L'os passe de main en main. Enfin un garçon d'environ douze ans le prend. Il vient de s'approcher et manipule fièrement l'os lorsqu'une voix de femme se fait entendre en dehors de la scène.)

VOIX.

Sénateur! Sénateur!! Oh, vous, sénateur ?

GARÇON.

(se tournant, mécontent, marmonnant) Oh, shux. (Fort) Madame ?

VOIX.

Si vous ne venez pas ici, c'est mieux !

SÉNATEUR.

Oui m'dame. (Il laisse tomber des os par terre en bas de la scène et trottine en fronçant les sourcils.) Dès que nous, les hommes, commençons à faire quelque chose de ces femmes.... (Sort, à droite.)

(Entrent TEET et BOOTSIE à gauche, propres et habillés de robes en voile
tout aussi propres. Ils parlent avec hésitation et entrent dans le magasin. Les
hommes les admirent avec désinvolture.)

LIGE.
Ces filles se sont révélées très jolies.

WALTER.
Teet n'est plus aussi jolie maintenant qu'elle l'était il y a quelques années. Elle
était grosse comme une boule de beurre, avec des pattes comme deux fûts
de whisky. Elle est trop maigre depuis qu'elle a grandi.

CODY.
Aucune d'entre elles n'est aussi jolie que Miss Daisy. Dieu! Elle est jolie
comme un chiot moucheté.

LIGE.
Mais elle était vraiment moche quand elle était petite… petit vieux nœud noir
et dur. Elle a changé depuis qu'elle est partie dans le Nord. Si elle n'est pas
jolie maintenant, il n'y a pas de chien de chasse à Georgy.

(Rentre le SÉNATEUR BAILEY et s'arrête sur les marches. Il s'adresse à
JOE CLARK.)

SÉNATEUR.
Brume' Clark….

HAMBO.
(Au sénateur) Vous n'avez pas de bonnes manières ? Nous n'avons pas tous
dormi avec toi la nuit dernière.

SÉNATEUR.
(Embarrassé) Bonsoir à tous.

TOUS LES HOMMES.
Bonsoir, fils, garçon, sénateur, etc.

SÉNATEUR.
Mist' Clark, maman a dit, est-ce que Daisy était là ce soir ?

JOE CLARK.
Je ne l'ai pas vue. Elle ne travaille pas à Maitland ?

SÉNATEUR.
Oui… mais elle est en congé aujourd'hui et maman l'a envoyée ici pour
faire l'épicerie.

JOE CLARK.
Eh bien, dis à ta mère que je ne l'ai pas vue.

SÉNATEUR.
Eh bien, elle m'a dit de te prévenir quand elle viendrait, de lui dire qu'elle ferait mieux de rentrer à la maison et de faire vite.

JOE CLARK.
Je vais. (Garçon sort à droite.)

LIGE.
Je parie qu'elle est quelque part avec Dave ou Jim.

WALTER.
Je ne parie pas… je le sais. Elle les a tous les deux en route.

(Réapparaissent TEET et BOOTSIE du magasin. TEET a une lettre et BOOTSIE deux ou trois petits colis. Les hommes lèvent les yeux avec intérêt lorsqu'ils sortent sur le porche.)

WALTER.
(Clin d'œil) Qu'est-ce que tu as reçu, Teet… une lettre de Dave ?

TEET.
(se déplaçant) Non, en effet ! C'est une lettre de mon BIT-chérie ! (Roule les yeux et les hanches.)

WALTER.
(Clin d'oeil) Eh bien, n'est-ce pas Dave, ton BIT-chérie ? Je pensais que vous alliez tous vous marier. Partout où j'ai regardé cet été, c'était toi et Dave, Bootsie et Jim. Je pensais que vous auriez tous déjà sauté par-dessus le balai.

TEET.
(Lettre florissante) Ne me le dites pas… dites-le à M. Albert Johnson, toujours aimant, à Apopka.

BOTTINES.
(Roulant les yeux) Oh, parle-leur de l'amour éternel de M. Jimmy Cox d'Altamont. Oh, je ne supporte pas de voir mon bébé perdre.

HAMBO.
C'est une chance que toutes les filles aient eu plus de gars, parce qu'on dirait que Daisy a fait un arbre à Jim et Dave en même temps, ou qu'elles ont fait un arbre ici.

TEET.
Laissez-lui les avoir… personne ne s'en soucie. Ils ne gèrent pas le « In God we trust » comme mon Johnson. Il est le concierge en chef de l'hôtel.

BOTTINES.
M. Cox a eu de la monnaie pour la grand-mère et le vieux grand-père. (Les filles sortent d'un air fâché.)

LINDSAY.
(À HAMBO, pseudo-sérieusement) Tu ne devrais pas taquiner ces filles lak dat.

HAMBO.
Oh, j'ai hâte de voir des filles toutes folles. Mais ces garçons sont fous. Avant que Daisy ne revienne ici, ils avaient tous les deux une jolie fille chacun. Maintenant, ils sont sur le point de se disputer et de se battre pour une demi-galle pièce. Ni l'un ni l'autre n'abandonnera et ne laissera l'autre la prendre.

LIGE.
Et elle ne pense pas trop à personne. (Il regarde à gauche.) La voici venir maintenant. Dieu! Elle s'est fait malmener !

WALTER.
Oui mon gars. Elle gère beaucoup de trafic ! Oh, maman, jette-le dans la rivière… papa viendra le chercher !

LINDSAY.
Oh, taisez-vous, hommes mariés !

LIGE.
Un homme ne devient pas aveugle parce qu'il se marie, n'est-ce pas ? (Entre précipitamment DAISY. S'arrête un instant. Elle est vêtue d'organdi transparent, de chaussures et de bas blancs.)

MARGUERITE.
Bonsoir tout le monde. (Il arrive sur le porche.)

TOUS LES HOMMES.
(Très agréablement) Bonsoir, Miss Daisy.

MARGUERITE.
(À CLARK) Maman m'a envoyé après un peu de repas et de farine et du bacon et de l'huile de saucisse.

CLAIRE.
Le sénateur est ici depuis longtemps pour vous traquer.

MARGUERITE.
(Effrayé) Vraiment ? Oo… Mist' Clark, dépêche-toi et répare-le pour moi. (Elle commence dans le magasin.)

LINDSAY.
(lui donnant sa place) Tu ferais mieux d'attendre ici, Daisy.

(WALTER donne un coup de pied à LIGE pour attirer son attention sur l'attitude de LINDSAY)

C'est puissant et chaud dans ce magasin. Laisse-moi courir les chercher.

LIGE.
(À LINDSAY) *Courez !* Joe Lindsay, tu n'as pas pu courir depuis que la cloche a sonné. Regarde cette barbe grise.

LINDSAY.
Dieu merci, je ne suis pas gris partout. Je suis un homme aussi bon en ce moment que n'importe lequel d'entre vous, jeunes. (Il entre précipitamment dans le magasin.)

WALTER.
Daisy, où sont vos deux gardes du corps ? Cela ne semble pas naturel de vous voir sans en faire partie.

MARGUERITE.
(Archly) Je n'ai pas de gardes du corps. Je ne sais pas de quoi tu parles.

LIGE.
Oh, n'essaye pas de nous embêter, Daisy. Vous savez de qui nous parlons, d'accord... mais si vous voulez que je sois pris au dépourvu... où sont Jim et Dave ?

MARGUERITE.
Ne jouent-ils pas quelque part pour les Blancs ?

LIGE.
(A WALTER) Veux-tu écouter cette fille, Walter ? (À DAISY) Quand je n'ai pas été vu depuis longtemps, toi et Dave descendre à De Lake.

MARGUERITE.
(Effrayé) Ne courez pas dire à maman où j'étais.

WALTER.
Eh bien, dites-nous lequel vous préférez et nous nous essuierons la mouf (geste) sans rien dire. Ces garçons ont été les meilleurs amis toute leur vie, jusqu'à ce qu'ils se joignent tous les deux à toi... alors au revoir, Katy bar de door !

MARGUERITE.
(Innocence affectée) Ne jouent-ils pas et ne dansent-ils toujours pas ensemble ?

LIGE.
Ouais, mais c'est à peu près tout ce qu'ils font ces jours-ci. C'est comme ça que ça se passe entre les hommes, jeunes et vieux.... Je ne me soucie pas de savoir depuis combien de temps ils sont amis et à quel point ils sont forts... une parenté féminine s'interpose entre eux. David et Jonather n'auraient jamais été amis aussi longtemps si Jonather avait été d'une grande aide avec les femmes. Vous n'avez jamais vu deux coqs qui s'aiment.

MARGUERITE.
Je n'ai pas essayé de les briser.

WALTER.
Bien sûr que non. Vous n'êtes pas obligé. Tout ce que les deux garçons ont besoin de faire, c'est de rester coincés avec la même fille et ils ont rompu… *tout de suite* ! Wimmen est quelque chose qui ne peut pas être divisé en parts égales.

(Réapparaissent JOE LINDSAY et CLARK avec les courses. DAISY saute et attrape les paquets.)

LIGE.
(À DAISY) Tu veux que certains d'entre nous… moi… aillent longuement et transportent tes affaires pour toi ?

MARGUERITE.
(Nerveusement) Non, maman monte sur ses grands chevaux aujourd'hui. Tant que je serais parti, je ne pourrais pas venir sans personne. (Elle sort précipitamment à droite.)

(Tous les hommes la regardent hors de vue en silence.)

CLAIRE.
(Soupirant) Mon Dieu, tu sais à quoi Daisy me fait penser ?

HAMBO.
Non quoi? (Ils se penchent tous ensemble.)

CLAIRE.
Mon Dieu, une grosse mangue… une odeur sucrée, vous savez, avec une saveur forte, mais pas quelque chose qu'on pourrait écraser comme une fraise. Quelque chose avec un corps.

(Rire général, mais pas obscène.)

HAMBO.
(Avec admiration) Joe Clark ! Je ne savais pas que tu avais ça en toi !

(MME CLARK entre par la porte du magasin et ils se redressent tous d'un air coupable)

CLAIRE.
(En colère contre sa femme) Maintenant, que veux-tu ? Moi mon Dieu, à la minute où je me suis assis, te voilà….

MME. CLAIRE.
Quelqu'un veut un tampon, Jody. Vous savez que vous ne me laissez pas passer par la poste. (IL se lève d'un air maussade et entre dans le magasin.)

BRASSAGE.
Dis, Hambo, je ne t'ai pas vu à notre pique-nique de l'école du dimanche.

HAMBO.
(Tranchant du tabac coupé en morceaux) Non, je ne veux pas qu'il soit temps.

WALTER.
Regarde ici, Hambo. Vous tous, baptistes, vous poussez trop loin les affaires de communion rapprochée. Si une personne n'est pas à moitié noyée dans le lac et à moitié détruite par des alligators, vous pensez tous qu'elle n'est pas baptisée, donc vous ne pouvez pas communier avec elle. Maintenant, je pense que tu ne peux même pas boire de la limonade et manger du poulet perlow avec nous.

HAMBO.
Mon Seigneur, mon garçon, tu es juste *plein* de mots. Maintenant, en premier lieu, si le pique-nique de cette année était à la hauteur de celui que vous aviez tous eu l'année dernière… vous n'avez pas eu de limonade à refuser pour nous, baptistes. Vous aviez un gros baril d'eau de pluie contenant environ une livre de sucre et un citron coupé dessus.

LIGE.
Mec, tu devrais les mouler !

WALTER.
Eh bien, je suis allé au pique-nique du Baptiste avec ma mouf prête à manger du poulet, quand voilà, vous avez tous mangé des chitlings ! Faites Jésus!

LINDSAY.
Attendez une minute. Il y avait beaucoup de poulet au pique-nique, et je sais que c'est vrai.

WALTER.
Le seul poulet que j'ai vu était un demi-poulet que ton pasteur a dû essayer d'avaler en entier parce qu'il était étouffé comme une planche quand j'arrivais longtemps… avec la planche entière du diacre qui le frappait dans le dos, essayant de lui faire tomber la gorge.

LIGE.
Dis, ça me fait penser à un frère baptiste qui était fou des prédicateurs et le prédicateur était fou de se nourrir le visage. Alors son fils en avait assez d'essayer de battre ces heurtoirs pour éliminer la bouffe sur la table, alors un jour il a lancé quelques critiques à l'encontre de ces pasteurs. Cela a rendu son père fou, alors il a obligé son fils à s'en aller. Il lui demanda : « Où dois-je aller, papa ? Il dit : « Allez au diable, je pense… Je me fiche de l'endroit où vous allez. »

Alors le garçon est parti et est parti sept ans. Il est revenu par une nuit froide et venteuse et a frappé à la porte. "Qui c'est?" le vieil homme l'a ast. "C'est moi, Jack." Le vieil homme ouvrit la porte, si heureux de revoir son fils, et demanda à Jack d'entrer. Il le fit et regarda tout autour de la place. Sept ou huit prédicateurs étaient assis autour du feu, mangeant et buvant.

"Où étais-tu tout ce temps, Jack?" le vieil homme l'a ast.

«Je suis allé en enfer», lui dit Jack.

"Dites-nous comment ça se passe là-bas, Jack."

«Eh bien», dit-il, «c'est exactement comme ici… vous ne pouvez pas allumer le feu pour les prédicateurs.»

HAMBO.
Garçon, vous mentez comme les liens croisés de Jacksonville à Key West. L'ancien président doit venir dans son circuit pour vous apprendre à leur dire, parce qu'on ne peut pas mentir si naturellement.

WALTER.
Personne ne peut battre les baptistes en mentant… et je n'ai jamais découvert pourquoi vous pensez que vous êtes si important.

LINDSAY.
N'avons-nous pas la plus belle et la plus grande église ? Le baptiste de Macédoine accueillera plus de monde que deux bâtiments de la ville.

LIGE.
C'est vrai, vous avez tous beaucoup plus d'églises que vous n'avez de membres pour y entrer.

HAMBO.
Tout va bien… vous n'avez ni l'église ni les membres. Tout ce qui se passe dans cette ville doit se dérouler dans notre église.

(Réentre Joe Clark.)

CLAIRE.
De quoi parlez-vous tous ?

HAMBO.
Sortez, Tush Hawg, laissez-moi vous battre aux dames. J'en ai marre de me battre et de prouver que ces garçons n'ont pas encore de poils sur la poitrine.

CLAIRE.
Mon Dieu, tu veux dire que tu vas te faire battre. Tu ne peux pas me gérer… Je suis un nul.

HAMBO.

Eh bien, je vais les dessiner maintenant. (À deux petits garçons utilisant un damier sur le bord du porche.) Ici, les chilluns, laissez de Mayor et moi avoir ce tableau. Allez jouer et donnez-nous un peu de paix, à nous les adultes. (Les enfants descendent de scène et crient :)

PETIT GARÇON.

Hé, sénateur. Salut, Marthy. Allez, jouons à Chic-moi, Chic-moi, Cranie-Crow.

VOIX D'ENFANT.

(Hors scène) Très bien ! Allez, Jessie ! (Entrent plusieurs enfants, menés par SENATOR, et un jeu commence devant le magasin alors que JOE CLARK et HAMBO jouent aux dames.)

JOE CLARK.

Moi mon Dieu ! Hambo, tu ne peux pas jouer aux dames.

HAMBO.

(Alors qu'ils s'assoient au tableau de contrôle) Oh, mec, si tu n'étais pas le maire, je te battrais tout le temps.

(Les enfants deviennent de plus en plus forts, étouffant les voix des hommes.)

PETITE FILLE.

Je vais être la poule.

GARÇON.

Et je vais devenir le faucon. Laisse-moi me procurer un bâton pour marquer la largeur.

(Le garçon qui est le faucon s'accroupit au centre de la scène avec une courte brindille à la main. La plus grande fille aligne les autres enfants derrière elle.)

FILLE.

(Mère Poule) (Regardant en arrière sur son troupeau) : Vous avez tous pris les vêtements de l'un d'eux pour que le faucon ne puisse pas vous embêter. (Ils le font.) Vous allez bien maintenant ?

ENFANTS.

Ouais. (La marche autour du faucon commence.)

POULE ET POUSSIN :

Poussin, poussin, mah, grue, corbeau
Je suis allé au puits pour laver mon orteil
Quand je reviens, mon poussin était parti À quelle heure, vieille sorcière ?

FAUCON.
(Faire un décompte sur le terrain) Un !

POULE ET POUSSIN.
(Répétez la chanson et marchez.)

FAUCON.
(Marquant encore) Deux !

(Peut être répété plusieurs fois.)

FAUCON.
Quatre. (Il se lève et imite un faucon volant et essayant d'attraper un poulet.
Appelant d'une voix haute :) Chickee.

POULE.
(Battant des ailes pour protéger ses petits) Mes poules dorment.

FAUCON.
Poussin. (Pendant tout cela, le faucon feint et s'élance dans ses efforts pour
attraper un poulet, et les poulets dansent sur la défensive, la poule essayant
de les protéger.)

POULE.
Mon poulet dort.

FAUCON.
J'aurai une nana.

POULE.
Tu n'auras pas de fille.

FAUCON.
Je rentre à la maison. (S'envole)

POULE.
Voilà la route.

FAUCON.
Ma marmite bout.

POULE.
Laissez bouillir.

FAUCON.
Mes tripes grognent.

POULE.
Laissez-les grogner.

FAUCON.
Je dois avoir une nana.

POULE.
Tu n'auras pas à l'air.

FAUCON.
Ma mère est malade.

POULE.
Laissez-la mourir.

FAUCON.
Poussin!

POULE.
Mon poulet dort.

(HAWK se précipite rapidement autour de la poule, attrape un poulet, l'emmène et place son captif à genoux devant le porche du magasin. Après un bref instant de danse, il en attrape un autre, puis un troisième, etc.)

HAMBO.
(Au damier, sa voix s'élevant au-dessus du bruit des enfants qui jouaient, se frappant les flancs avec jubilation) Ha ! Ha! Je t'ai maintenant. Allez-y et avancez, Joe Clark… allez-y et avancez.

CHAISES   LONGUES.
(Debout autour de deux joueurs de dames) Le vieux Deacon vous tient maintenant.

UNE AUTRE VOIX.
Je ne vois pas comment il peut battre le maire comme ça.

UNE AUTRE VOIX.
Je l'ai mis dans la boucle de Louisville. (Ces remarques sont étouffées par les rires des enfants qui jouent juste devant le porche. Le MAIRE JOE CLARK, perturbé dans sa concentration sur les dames et irrité d'avoir été battu, se tourne soudain vers les enfants en levant les mains.)

CLAIRE.
Partez d'ici, vous, membres de Satan, qui faites tout ce bruit pour qu'un homme ne puisse pas entendre ses oreilles. Allez, continuez !

(LE MAIRE cherche avec enthousiasme le maréchal de la ville. Le voyant jouer aux cartes de l'autre côté du porche, il beugle :)

Lum Boger, pourquoi ne pas éloigner ces enfants d'ici ! Quel genre de marshall es-tu ? Tout ce passage de jeunes ici sous les pieds des adultes, créant du désordre devant mon magasin.

(LUM BOGER pose paresseusement ses cartes, descend de scène et disperse les enfants. Une petite fille impertinente refuse de bouger.)

LUM BOGER.
Pourquoi ne pars-tu pas d'ici, Matilda ? Vous ne m'avez pas entendu vous dire de bouger ?

LA PETITE MATHILDE.
(Avec défi) Je ne vais nulle part. Tu n'es rien de ma maman. (Se libérant de lui pendant que LUM la touche.) Ma mère dans le magasin et elle m'a dit d'attendre ici. Alors prends ça, vieux Lum.

LUM BOGER.
Espèce de petit huzzy impudent, toi ! Tu dois te sentir… tu es si frais.

MATHILDE.
Le vent a dû changer et vous sentez votre propre lèvre supérieure.

LUM BOGER.
Ne m'oblige pas à t'attraper et à te faire descendre une boutonnière plus bas.

MATHILDE.
(changeant sa petite tête) Vas-y et attrape-moi. Vous ne pouvez pas me tuer, et si vous me tuez, vous ne pouvez pas me manger. (Elle entre dans le magasin.)

SÉNATEUR.
(Dérision derrière une souche) Vieux stupide Lum ! Hé! Hé!

(UN PETIT GARÇON au bord de la scène fait un pied de nez au commissaire.)

(LUM se lance à la poursuite du petit garçon. Tous deux sortent.)

HAMBO.
(À CLARK qui a réfléchi pendant tout ce temps à quel mouvement faire) Vous n'avez qu'un seul mouvement… allez-y et faites-le. Qu'est-ce qui se passe, Maire ?

CLAIRE.
(déplaçant son pion) Oh, voilà.

HAMBO.
(Triomphant) Maintenant ! Regardez-le, les garçons. Je vais rire dans les notes. (Riant à la balance et sautant un pion à chaque fois) Do, sol, fa, moi, lo… un ! (Sautant un autre pion) La, sol, fa, moi, fais… deux ! (Encore un saut.) Fais, sol, ré, moi, lo… trois ! (Sautant un troisième.) Lo, sol, fa, moi, re… quatre ! (La foule commence à hurler de rire. LUM BOGER revient,

regardant. Les enfants reviennent à la dérive en jouant au corbeau poussin-moi-poussin-moi-cranie.)

VOIX.
Ah, ah ! J'ai fini avec le vieux porc.

UNE AUTRE VOIX.
Vous pensiez que vous ne pouviez pas être battu, frère maire ?

CLAIRE.
(Énervé, se lève et entre dans le magasin en marmonnant) Oh, j'aurais pu te battre si je n'avais pas ce magasin en tête. Samedi après-midi et j'ai du travail à faire. Lum, je ne t'ai pas dit d'empêcher ces enfants de jouer juste devant ce magasin ?

(LUM fait une passe au garçon à moitié adulte le plus proche. Les enfants se précipitent autour de lui en le taquinant.)

UNE AUTRE VOIX.
Euh, hé…. Hambo a fini de le diriger dans son magasin… il a fini de diriger le vieux coon dans son trou.

UNE AUTRE VOIX.
Ce n'est pas de la bonne politique, Hambo, de battre le maire.

UNE AUTRE VOIX.
Eh bien, Hambo, tu n'as pas besoin d'être si dur aux dames, allons voir ce que tu peux faire avec les cartes. Lum Boger était très occupé à soigner les chilluns.

UNE AUTRE VOIX.
(À table) On ne joue pas pour de l'argent, en aucun cas, Deacon. On joue juste un petit Florida Flip.

HAMBO.
Vous ne pouvez pas jouer au Florida Flip. Quand j'étais pécheur, aucun homme dans cet état ne pouvait me battre à ce jeu-là. Mais je suis diacre en Macédoine baptiste maintenant et je ne me soucie plus des cartes.

VOIX À LA TABLE À CARTES.
Très bien, alors, viens ici Tony (à l'homme avec un panier sur les marches.) laisse-moi attraper ton cric.

TAILLEUR.
(regardant vers la porte) Je ne pense pas avoir le temps. Je suppose que ma femme va finir par racheter ce magasin un jour ou l'autre et veut rentrer chez elle.

VIEIL HOMME.
(De l'autre côté du porche du jeu de cartes) Je parie que ma femme sait mieux que de s'attendre à ce que je m'assoie et l'attende avec un panier. Pourquoi ne lui dis-tu pas de l'emporter elle-même à la maison ?

TAILLEUR.
(Soupirant et secouant la tête.) Eh, Lawd !

VOIX À LA TABLE À CARTES.
On dirait que nous ne pouvons faire venir personne dans ce jeu. On dirait que tout le monde a peur, nous aussi. Reviens ici, Lum, et prends ta main. (LUM fait un dernier geste inutile en direction des enfants.)

LUM.
Est-ce que je ne vous ai pas toléré, petits Haïtiens, de rester loin d'ici ?

(LES ENFANTS se dispersent en les taquinant pour ensuite retourner jouer devant le magasin plus tard. LUM arrive sur le porche et reprend la partie de cartes. Au moment où il s'assoit, MME CLARK arrive à la porte du magasin et appelle lui.)

MME. CLAIRE.
(d'un ton traînant) Colomb !

LUM.
(avec lassitude) Madame ?

MME. CLAIRE.
Le maire vous a dit de faire le tour du jardin et d'attacher la mule de la vieille dame Jackson qui piétine toutes les tomates de mon jardin.

LUM.
D'accord. (Il quitte le jeu de cartes.) Attendez que je revienne, les amis.

LIGE.
Oh, hum ! (Bâillant et posant le jeu de cartes) Lum est un marshall très occupé. Dis, Dave et Jim ne sont pas encore passés par ici ? Je me sens plus gentil d'entendre un peu de musique maintenant.

GARÇON.
Non, ils ne sont pas là aujourd'hui. Vous savez tous qu'ils ne sont plus aussi gros qu'ils l'étaient depuis que Daisy Bailey est revenue et qu'ils ont commencé à lui courir après.

FEMME.
Tu veux dire depuis qu'elle a commencé à leur courir après, la jeune coquine.

MME. CLAIRE.

(Dans l'embrasure de la porte) Elle ne veut pas dire quoi que ce soit de
bon.

WALTER.

C'est dommage, n'est-ce pas maintenant ? (Entre LUM par l'arrière du
magasin. Il saute sur le porche et prend place près de la boîte à cartes.)

LUM.

(Aux joueurs qui attendent) Très bien, les garçons ! Allumez-le et laissez la
malchance arriver.

LIGE.

Mon offre. (Il commence à mélanger les cartes avec un mouvement élaboré
en forme d'éventail.)

VOIX À TABLE.

Attention, Lige, vous êtes tous des gens qui traînent des pieds. Ne nous
porte pas le petit.

LIGE.

Oh, nous n'allons pas te tromper… nous allons te battre. (Il claque les
cartes pour que LUM BOGER les coupe.) Tu veux les couper ?

LUM.

Non, ce n'est pas nécessaire de découper un lapin quand on peut le tordre.
Distribuez-les. (LIGE distribue les cartes.)

LA VOIX DE CLARK.

(À l'intérieur du magasin) Toi, Mattie ! (MME CLARK, qui se tenait à la
porte, se retourne rapidement et entre.)

LIGE.

Ouais ! Piques! (Le jeu est lancé.)

LUM.

Vous n'avez pas arraché ce jack, n'est-ce pas ?

LIGE.

Oh, non, je n'ai pas volé de jack. Jouer.

WALTER.

(Partenaire de LUM) Eh bien, le voici, partenaire. Qu'est-ce que tu veux que
je joue pour toi ?

LUM.

Jouez comme si j'étais à New York, partenaire. Mais nous devons essayer
d'attraper ce jack.

LIGE.
(Menaçant) Tendez la main et retirez un bouton.

(WALTER THOMAS joue.)

WALTER.
Je joue un diamant pour toi, partenaire.

LUM.
Je t'ai déjà dit que tu n'avais pas de partenaire.

LIGE.
Hé, hé ! Partenaire, nous les avons. Retirez-vous avec votre roi. Ils doivent
les jouer. (Quand ce tour est tourné, triomphalement :) Ne vous l'ai-je pas
dit, partenaire ? (Il se lève et frappe violemment avec son as) Maintenant,
montez sous cet as. Oh, hah, regarde ce vieux bas, partenaire. Je savais que
j'allais les attraper. (Quand LUM joue) Ho, ho, voilà la reine…. Maintenant,
le jack est un gentleman…. Maintenant, je joue avec mes nœuds. (Tout le
monde joue et la main est terminée.) Partenaire, haut, bas, valet et le jeu et
quatre.

WALTER.
Donnez-moi des cartes. Je crois que vous avez tous fini de me donner le petit
cette fois-là. Regardez-moi… c'est Booker T Washington qui distribue ces
cartes. (Mélange les cartes avec grandeur et les donne à LIGE pour qu'il les
coupe.) Tu veux les couper ?

LIGE.
Ouais, coupe-les et tire-les. Je couperais derrière ma mère. (Il coupe les
cartes.)

WALTER.
(Se tournant vers le joueur à gauche, FRANK, partenaire de LIGE) Qu'est-
ce que tu dis, Frank ?

FRANC.
Je t'en supplie. (LIGE essaie de jeter un coup d'œil aux cartes.)

WALTER.
(se tournant vers LIGE) Arrête de regarder ces cartes, Lige. (à Frank) As-tu
dit que tu mendiais ou que tu restais debout ?

FRANC.
Je t'en supplie.

WALTER.
Lève-toi de tes genoux. Vas-y et dis-leur que c'est moi qui t'envoie.

FRANC.
Eh bien, cela nous fait quatre.

WALTER.
Je m'en fiche si c'est le cas. (Il sort une pièce de 25 cents de sa poche et la pose sur la boîte.) Vingt-cinq cents, c'est que je connais la meilleure pièce. Allons-y. (Tout le monde dépose un quart.)

FRANC.
Que veux-tu que je joue pour ton partenaire ?

LIGE.
Jouez-moi un club. (Le jeu revient au croupier, WALTER, qui se lève, prend la carte du dessus du paquet et la jette sur la table.)

WALTER.
Levez-vous, vieux diable de démons et partez au galop avec votre charge. (À LUM) Partenaire, combien de fois avez-vous vu le jeu ?

LUM.
Deux fois.

WALTER.
Eh bien, alors je vais y arriver, partenaire. Regardez cette vieille reine. (Tout le monde joue) Ha ! Ha! Jour de lavage et pas de savon. (Il prend le valet de carreau et le colle sur son front. Il se lève.) Partenaire, je me jette sur vous… jouez votre roi. (Quand il s'agit de sa pièce, LUM se lève aussi. Les autres se lèvent et eux aussi claquent leurs cartes avec enthousiasme.) Maintenant, viens dans cette cuisine et laisse-moi épisser ce chou ! (Il frappe l'as de carreau. Il tapote le valet sur son front et chante :) Hé, hé, recule, Jenny, prends ta charge. (Parlant) Dumpez sur ce jack, les garçons, dumpez dessus. Haut, bas, valet et le jeu et quatre. Un à emporter. Nous sommes quatre avec vous, les garçons.

LIGE.
Ouais, mais vous êtes tous en train de rattraper votre retard.

FRANC.
Donnez-leur des cartes… laissez-moi en distribuer.

LIGE.
Frank, maintenant tu as vraiment des responsabilités sur toi. Ils ont un match contre nous.

FRANC.
Oh, mec, je vais leur faire du désordre. Cet accord est à la Maison Blanche. (Il mélange et pose les cartes pour que WALTER les coupe.) Coupez-les.

WALTER.
Non, je n'ai jamais coupé de bois vert. (FRANK distribue et retourne la carte.)

FRANC.
Cœurs, les garçons. (Il trouve un as.)

LUM.
Oh, tu as arraché cet as, négro.

WALTER.
Ouais, ils nous ont amené le petit, partenaire.

LIGE.
Oh, il n'a rien fait de tel. Cet as a été rendu juste. C'est juste trop dur pour toi… nous dînons chez le forgeron.

WALTER.
Oh, vous trichez tous. Tu sais que ce n'était pas juste.

FRANC.
Oh, taisez-vous, vous criez tous et criez pour rien. J'essaie d'intimider le jeu. (FRANK et LIGE se lèvent et se serrent généreusement la main.)

LIGE.
M. Hoover, vous êtes un noble président. On a fini par coincer ces nègres pleins d'épis. Ils ont eu peur de nous jouer.

LIGE (?) Peur de jouer contre toi ? Redescendez à cette table, laissez-moi répandre mes ennuis.

FAINÉANT.
Là-bas arrive Elder Simms. Vous feriez mieux d'accroupir ce lapin. Ils vous inviteront tous à l'église pour jouer aux cartes.

(FRANK attrape les cartes et les met rapidement dans sa poche. Tout le monde ramasse l'argent et semble indifférent lorsque le prédicateur entre. Entre Elder SIMMS avec ses deux petits enfants à l'air primitif par la main.)

L'AÎNÉ SIMMS.
Comment faites-vous, les enfants. Il fait chaud pour cette période de novembre, n'est-ce pas ?

VOIX.
Oui monsieur, révérend, c'est vrai. Comment va sœur Simms ?

SIMMS.
Elle se sent un peu mal aujourd'hui. (Continue en magasin avec ses enfants)

VOIX.

(chuchotant fort) Je ne vois pas comment cette grande et vieille femme puissante pourrait être malade. On dirait qu'elle pourrait aller chasser l'ours avec son poing.

UNE AUTRE VOIX.

Elle est aussi belle que la femme du pasteur baptiste de vous tous. Pshaw, tu n'as pas vu de grande femme, du moins, mec. J'en ai vu un jour, si gros qu'elle est allée fouetter son petit garçon et il a couru sous son ventre et s'est caché six mois avant qu'elle puisse le retrouver.

UNE AUTRE VOIX.

Eh bien, je connaissais si peu une femme qu'elle devait monter sur une caisse à savon pour regarder un grain de sable.

(LE RÉV. SIMMS sort du magasin, chaque enfant derrière lui suçant un bâton de bonbon.)

SIMMS.

(A ses enfants) Courez chez votre mère et ne vous salissez pas en chemin. (Les deux enfants partent d'un pas tranquille dans la rue mais juste hors de vue, l'un d'eux pousse un grand cri.)

L'ENFANT DE SIMMS.

(Hors scène) Papa, papa. Nunkie essaie de lécher mes bonbons.

SIMMS.

Je t'ai dit de continuer et de laisser les autres enfants tranquilles.

VOIX SUR LE PORCHE.

(Je plaisante) Lum, pourquoi ne t'occupes-tu pas de tes affaires.

(TOWN MARSHALL se lève et chasse à nouveau les enfants.)

LUM.

Vous tous, les nuisibles, laissez-les tranquilles.

LIGE.

(Continuant à s'allonger sur le porche) Eh bien, vous avez tous vu tellement de choses, mais je parie que vous n'avez jamais vu un serpent aussi gros que celui que j'ai vu quand j'étais un garçon au centre de la Géorgie. Il était si grand qu'il pouvait à peine bouger. Il est resté au même endroit si longtemps qu'il y a eu de la mousse dessus et tout le monde a pensé qu'il était une bûche, jusqu'au jour où je me suis assis sur lui et je me suis endormi, et quand je me suis réveillé, ce serpent a rampé jusqu'en Floride. (Grand rire.)

FRANC.

(Sérieusement) Laissons toutes les blagues de côté, vous vous souvenez tous que le serpent à sonnettes que j'ai tué l'année dernière était presque aussi gros que ce serpent de Géorgie.

VOIX.
Quelle taille, dis-tu, Frank ?

FRANC.
Peut-être pas aussi grand que ça, mais à peine 14 pieds environ.

VOIX.
(Dérision) Donne-moi ce serpent menteur. Ce serpent ne mesurait pas plus d'un mètre vingt lorsque vous l'avez tué l'année dernière et vous lui avez fait grandir dix pieds en un an.

UNE AUTRE VOIX.
Eh bien, je n'en sais rien. Certains serpents par ici sont puissants et longs. Je suis sorti dans mon jardin hier juste après la pluie et j'ai tué un bon vieux Cottonmouth.

SIMMS.
Cette Sho est une ville aux serpents. Je ne peux certainement pas élever de poulets pour eux. Ils tuent mes petites femelles aussi vite qu'elles éclosent. Et oui… si je n'avais pas coupé les mauvaises herbes de la rue devant mon presbytère, moi ou certains de mes parents aurions été mordus par un serpent juste devant notre porte d'entrée. (À toute la foule) Pourquoi ne coupez-vous pas ces mauvaises herbes et ne nettoyez-vous pas ces rues ?

HAMBO.
Eh bien, le maire n'a rien dit à ce sujet.

SIMMS.
Quand les gens se comportent mal dans cette ville, je pense qu'ils devraient les enfermer dans une prison et les faire payer leur amende dans la rue, alors ces mauvaises herbes seraient coupées.

VOIX.
Comment allons-nous faire ça quand nous n'avons pas de prison ?

SIMMS.
Eh bien, vous avez besoin d'une prison… vous avez tous besoin de beaucoup d'améliorations dans cette ville. Je n'ai jamais dirigé une ville aussi lointaine que celle-ci.

CLAIRE.
(Qui est récemment sorti du magasin en s'éventant, entend cette dernière remarque et se hérisse) Qu'est-ce que tu dis de cette ville ?

SIMMS.
Je dis que nous avons besoin de quelques améliorations ici dans cette ville…
c'est quoi.

CLAIRE.
(D'une voix puissante) Et selon vous, de quelles améliorations avons-nous
besoin ?

SIMMS.
Tout un tas. Premièrement, nous avons vraiment besoin d'une prison, Maire.
On devrait arrêter de chasser ces gens qui se conduisent mal et les enfermer.
D'autres villes ont des prisons, chaque ville dont j'ai été pasteur avait une
prison. Je ne vois pas pourquoi nous ne pouvons pas en avoir.

CLAIRE.
(S'élevant avec colère au-dessus du pasteur) Maintenant, attendez une
minute, Simms. Ne pensez-vous pas que l'homme qui sait comment créer
une ville sait comment la diriger ? J'ai payé deux cents dollars de cette main
droite pour ce terrain, je suis venu ici et j'ai fondé cette ville avant ta
naissance. Je ne suis pas comme certains d'entre vous, les nouveaux nègres,
venez ici quand les raisins sont mûrs. J'étais ici pour innover et depuis, je suis
maire.

SIMMS.
Eh bien, ça ne sert à rien qu'un seul homme reste maire tout le temps.

CLAIRE.
Eh bien, c'est ma ville et je peux être maire aussi longtemps que je le veux.
C'est moi qui ai mis cette ville sur la carte.

SIMMS.
Sur quelle carte tu l'as mis, Joe Clark ? Je ne l'ai vu sur aucune carte.

CLAIRE.
(Indigné) Moi mon Dieu ! Écoutez ici, frère Simms. Si vous n'aimez pas la
façon dont je dirige cette ville, sortez vos pieds plats et allez là-bas dans les
bois. Tu n'es pas là depuis assez longtemps pour ne rien dire.

HAMBO.
(D'un baril de clous) Ouais, vous, les nègres méthodistes, vous dites toujours
aux gens comment gérer les choses.

TAILLEUR.
(Pratiquement inconnu des autres) Nous savons comment gérer les choses,
n'est-ce pas ? Le frère maire n'est-il pas un méthodiste, et l'instituteur n'est-
il pas un… ? (Ses remarques sont étouffées par les autres.)

SIMMS.

Non, nous n'aimons pas la façon dont vous dirigez les choses. Maintenant regarde ici, (montrant le Marshall) Tu as ce paresseux Lum Boger ici pour Marshall et il n'est pas encore assez vieux pour être sec derrière ses oreilles... et tous ces moyens valides dans cette ville ! Vous ne laisserez personne d'autre gérer un magasin à votre place. Et regardez là-bas (par hasard, vous avez remarqué le réverbère), le seul réverbère de la ville, vous êtes arrivé devant chez vous. (Indigné) Nous payons les impôts et vous avez la lampe.

VILLAGEOIS.

Ne vous inquiétez pas maintenant. Comment se fait-il que vous vous engueuliez toujours tous les deux ?

CLAIRE.

Comment se fait-il que ce prédicateur méthodiste éphémère ici... n'est pas là depuis trois mois... essaie de se lever sur le porche de mon magasin et essaie de me dire comment diriger ma ville ? (MATTIE CLARK, la femme du maire, arrive timidement à la porte, s'essuyant les mains avec son tablier.) Personne ne va me dire comment diriger ma ville. Mon Dieu, je me suis élu et je vais le diriger. (Se retourne et voit sa femme debout dans la porte. Autoritaire.) Mon Dieu, Mattie, retourne là-dedans et attends ce magasin !

MATTIE.

(Timidement) Jody, quelqu'un d'autre veut des tampons.

CLAIRE.

Moi mon Dieu, femme, à quoi te sert-elle ? Gwan, entre. On dirait qu'entre les femmes et les pasteurs, un homme ne peut pas vivre sans paix. (Il sort CLARK.)

SIMMS.

(Poursuivant son argument) Maintenant, quand j'étais pasteur à Jacksonville, vous devriez voir quel genre de prisons ils avaient là-bas....

FAINÉANT.

Les Blancs ont besoin de prisons. Nous, les gens de couleur, n'avons pas besoin de prison.

UN AUTRE VILLAGER.

Oui, nous aussi. L'aîné Simms a raison....

(La dispute devient un brouhaha de voix.)

TAILLEUR.

(posant son panier) Maintenant, je vous dis une prison....

MME. TAILLEUR.

(sortant de la porte du magasin, les bras chargés de courses, regardant son mari) Ouais, et si tu ne te tais pas et ne rapportes pas ces rations à la maison, je serai pire avec toi qu'une prison et six juges. Ramassez ce panier et c'est parti. (TONY ramasse docilement le panier et lui et sa femme sortent alors que le son d'une guitare qui s'approche se fait entendre hors de la scène.)

(Deux gars insouciants et insouciants entrent ensemble. L'un joue de la guitare sans jouer de mélodie particulière, et l'autre a son chapeau relevé sur ses yeux d'une manière burlesque et mec. Il y a des salutations informelles.)

WALTER.
Hé, là, les clochards, comment ça va ?

LIGE.
Qu'est-ce que vous dites, les garçons ?

HAMBO.
Bonsoir les fils.

LIGE.
Comment vous êtes-vous sortis de cette soirée, les garçons ?

JIM.
Oh, ces Blancs présents à la fête ont bien déboursé. J'ai gardé Dave occupé à le récupérer. Combien avons-nous gagné aujourd'hui, Dave ?

DAVID.
(frapper sa poche) Je ne sais pas, mon garçon, mais je me sens vraiment lourd ici. M'a fait ramasser de l'argent juste comme ça…. (Alors que JIM choisit quelques accords de danse, Dave donne une imitation de la façon dont il a ramassé les pièces du sol pendant que les Blancs les lançaient.) Nous le comptons après un moment. J'aurais déjà partagé avec toi si tu ne m'avais pas quitté quand tu avais vu Daisy passer. Asseyons-nous sur le porche et reposons-nous maintenant.

LIGE.
Elle a l'air élégante et jolie depuis qu'elle est revenue du Nord avec ses Blancs. Je porte les vêtements les plus beaux. Et ses cheveux noirs comme du charbon ne veulent pas s'arrêter.

MATTIE CLARK.
(Dans l'embrasure de la porte) Je ne vois pas pourquoi les hommes s'en prennent toujours à Daisy Taylor.

CLAIRE.
(Se retournant sur le porche) Mon Dieu, tu es de retour ici. Qui s'occupe de ce magasin ? (MATTIE disparaît à l'intérieur.)

DAVID.

Eh bien, elle m'a toujours semblé être de l'argent neuf quand elle était ici auparavant.

JIM.

Eh bien, c'est tout ce que vous avez eu, c'est un regard.

DAVID.

C'est tout ce que vous savez ! Je parie que j'en ai plus que ça maintenant.

JIM.

Vous pourriez l'avoir, mais je suis l'homme qui l'utilise. Je suis un poisson de fond.

DAVID.

Oh mec. Vous deviez vous promener ici profondément endormi la dernière fois que Daisy était dans ce comté. Tu n'as pas vu le voyage que j'avais avec elle.

JIM.

Non, je ne l'ai pas vu. Je parie que tu n'as pas reçu de lettre d'elle pendant son absence.

DAVID.

Je parie que toi non plus.

JIM.

Eh bien, c'est juste parce qu'elle ne sait pas écrire. Si elle savait gratter avec un crayon, j'en aurais des tonnes.

DAVID.

Shaw, mec ! J'en avais un bureau de poste rempli.

VIEILLE FEMME.

Vous devriez tous avoir honte de vous en prendre à une génisse effrontée comme Daisy Taylor. Juste parce qu'elle est allée dans le Nord et qu'elle est revenue, je pense que tu en as fini avec les idiots maintenant. Elle n'étudie aucun d'entre vous, pas du tout. Tout ce qu'elle veut, c'est ce que tu as dans ta poche.

JIM.

Je l'aime bien mais elle ne veut rien de moi. Elle ne l'a jamais fait. Je ne donnerais pas de béquille à un pauvre crabe infirme pour traverser la rivière Jurdon.

DAVID.

Je sais que je ne donnerai rien à aucune femme. Je ne donnerais pas de beignet à un chien s'il attrape une tortue.

LIGE.
Vous avez une dispute sur le lapin… vous deux. Tu lui donnerais tout ce que tu as. Vous lui donneriez la Géorgie avec une clôture autour.

VIEIL HOMME.
Ouais, et elle le prendrait aussi.

LINDSAY.
Ne discriminez pas la femme comme ça. Ce n'est rien d'autre que du hogisme. Il n'y a rien de grave avec Daisy, elle va bien.

(Entrent TEETS et BOOTSIE en gloussant timidement et en se changeant.)

BOTTINES.
As-tu vu ma maman ?

VIEILLE FEMME.
Tu sais que tu ne cherches aucune maman. Revenez ici pour montrer votre forme et votre éventail pendant un moment. (BOOTSIE et TEETS entrent dans le magasin.)

BOTTINES ET TEETS.
Non, ce n'est pas le cas. Nous venons chercher notre courrier.

VIEILLE FEMME.
(Après que les filles soient entrées dans le magasin) Pourquoi ne faites-vous pas tous attention à ces gentilles filles ici, Bootsie et Teets. Ils veulent se marier.

DAVID.
Oh, qui pense à se marier maintenant ? Ils feraient mieux de rester à la maison et de manger les rations de leur propre père. Je dois m'acheter des chaussures.

JIM.
La femme que je vais épouser n'est pas encore née et sa mère est morte.

(LES FILLES sortent en riant et sortent.) (JIM commence d'abord à gratter légèrement sa guitare pendant que la conversation continue.)

CLAIRE.
(À DAVE et JIM) Deux des plus belles filles qui aient jamais vécu et amicales comme vous l'êtes toutes. Vous feriez mieux de les reprendre et de les arrêter de manière imprévisible.

HAMBO.
Ouais, dépêche-toi et fais quelque chose ! Je veux goûter un morceau de ton gâteau de mariage.

JIM.
(Embarrassé mais essayant d'être plaisant) Pourquoi essayez-vous de me précipiter si vite ?... Regardez Will Cody ici (montrant le petit homme sur le porche), il promet de faire tomber sa déjà femme depuis deux mois... et nair l'un de nous je ne l'ai pas encore vue.

DAVID.
Ouais, comment me demandez-vous d'emmener une toute nouvelle épouse alors qu'il ne peut pas conduire une femme en ruine sur dix-huit kilomètres ? Moi, je vais en prendre un bientôt, Cody me montre le sien. (Rire général sournois aux dépens de CODY.)

WALTER.
(claque des doigts et fait semblant de se souvenir de quelque chose) C'est vrai, Cody. J'avais l'intention de vous le dire..... Je sais où vous achetez une maison toute construite pour vous et votre femme. (Appelle dans le magasin.) Hé, Clark, viens ici et parle à Cody de la maison de Bradley. (À CODY.) Je sais que tu veux avoir ton propre logement pour que tu puisses t'installer.

HAMBO.
Il a tellement bougé depuis qu'il est ici qu'à chaque fois qu'il sort sur le dos, ses poules se couchent et croisent les pattes.

LINDSAY.
Cody, je croyais que tu nous avait dit que tu allais à Sanford pour amener cet Oman ici samedi dernier.

LIGE.
Ce n'est pas comme ça qu'il m'en a parlé. Écoutez, les gars, (se levant et posant coquettement une main sur ses hanches et un doigt de l'autre main contre son menton) Où pensez-vous que je serai le prochain samedi soir ?... Assis à côté de Miz Cody. (Grand éclat de rire.)

SYKES JONES.
(Rires) Tu sais ce que les gens m'ont toléré à Sanford ? C'était la femme d'un autre homme. (Rires.)

CODY.
(Faiblement) Oh, tu ne sais pas de quoi tu parles.

JONES.
Non, je ne sais pas, mais les gens de Sanford le savent. (Rires) Ils m'ont dit que quand le mari de cette dame est rentré à la maison samedi soir, le vieux Cody a sauté par la fenêtre. L'homme a attrapé son vieux répéteur et a couru dans la cour pour l'éloigner. Quand Cody l'a vu arriver au coin de la maison (geste), il a battu ses ailes et s'est envolé sur la clôture. L'homme a lancé ce

fusil de chasse sur lui. (Rires) Den, mec ! Cody a battu ses ailes comme une buse (geste) et a navigué. L'homme s'est mis à genoux lak dis (geste de s'agenouiller sur un genou et de viser) Meurs ! mourir! mourir! (Soi-disant bruit de coups de feu alors que l'arme est déplacée en cercle suivant le parcours du vol supposé de Cody) Cody vient de s'envoler et s'allume sur une colline à trois kilomètres de là. Alors, mec ! (Geste de vol rapide) En dix minutes, il était de retour ici à Eatonville et dans son lit.

WALTER.
Je suis passé là-bas et j'ai vu sa maison trembler, mais je ne savais pas pourquoi.

HAMBO.
Oh, laisse le garçon tranquille…. Si vous n'y prêtez pas attention, certains d'entre vous devront battre son record.

LIGE.
Je suis prêt à le casser maintenant. (Rire général.)

JIM.
Eh bien, de toute façon, je ne veux pas me marier et quitter Dave… encore pour un moment. (Choisir un accord.)

DAVID.
Et je ne vais pas quitter Jim. On est ensemble depuis qu'on a crié maman, n'est-ce pas, mon garçon ?

JIM.
Sho l'est. (La musique de la guitare augmente en volume. DAVE mélange quelques pas et les deux commencent à chanter.)

JIM : Lapin sur la bûche.
Je n'ai pas de chien. Comment vais-je l'avoir ? Dieu seul sait.

DAVE :
 Lapin sur la bûche. Je n'ai pas de chien. Tirez-lui dessus avec mon fusil Bam ! Boum !

(Certains villageois se joignent à la chanson et d'autres se lèvent et marchent autour du porche au rythme de la musique. BOOTSIE et TEETS rentrent, TEETS enfonçant sa lettre dans le col de son chemisier. JOE LINDSAY attrape TEETS et WALTER THOMAS attrape BOOTSIE. (Il y a de la danse, des friandises et une réjouissance générale. Les petits enfants dansent le parse-me-la. La musique remplit l'air juste au moment où le soleil commence à se coucher.)

CLAIRE.
(il braille depuis le porche du magasin) Mon Dieu, voilà encore Daisy.

(La plupart des danses s'arrêtent, la musique ralentit puis s'arrête complètement. DAVE et JIM saluent DAISY avec désinvolture alors qu'elle s'approche du porche.)

JIM.
Eh bien, Daisy, nous te connaissons aussi.

DAVID.
Fille, tu es aussi jolie qu'un chiot moucheté.

MARGUERITE.
(riant) Je vois que vous deux, les garçons, jouez et chantez toujours ensemble. Cette musique sonnait bien en flottant sur la route.

JIM.
Ouais, mon enfant, on a joué pour les Blancs toute la semaine. Nous jouons pour les métis maintenant.

DAVID.
(S'exhibant, faisant tournoyer ses pieds dansants) Ouais, nous nous appuyons sur notre résumé et vivons de nos revenus.

VIEIL   HOMME.
Um-ump, mais ils ne fonctionnent jamais. Juste ici, je joue comme d'habitude.

JIM.
Certaines personnes pensent que tu ne travailles pas, alors tu sens une mule. (Il se rassied sur la boîte et gratte sa guitare.) Je pense que tu dois battre un homme jusqu'à sa grange tous les matins.

VOIX.
Je suis contente d'être à nouveau à la maison avec nous tous, n'est-ce pas Daisy ?

MARGUERITE.
Est-ce que je suis content ? Je suis descendu spécialement tôt ce soir pour venir ici et voir tout le monde. J'avais un peu peur que le coucher du soleil m'attrape avant de contourner ce lac. Je ne sais pas comment je vais retourner seul à mon lieu de travail dans le noir.

DAVID.
Ne laissez aucune fille aussi belle que vous rentrer seule à la maison ce soir.

JIM.
Non, parce que je suis là.

DAVID.
(à DAISY) Ne te fais pas confiance là-bas, comme avec tous ces alligators et

mocassins avec ce nègre là-bas, Daisy (montrant JIM) Il est juste plein de sang de lapin. Ce dont vous avez besoin, c'est d'un vrai homme… avec de bons pieds. (Coupant un pas de danse.)

MARGUERITE.
Je ne pense pas encore rentrer à la maison. Je vais au magasin.

JIM.
Que veux-tu dans le magasin ?

MARGUERITE.
Je veux du chewing-gum.

DAVID.
(se dirigeant vers la porte) Fille, tu n'es pas obligé d'entrer là-dedans pour ne pas prendre de chewing-gum. Je vais y aller et t'acheter un plein wagon de chewing-gum. Quel genre tu veux ?

MARGUERITE.
Du chewing-gum. (DAVE entre dans le magasin, la main dans la poche. Le soleil se couche et le crépuscule s'approfondit.)

JIM.
(Sortant le paquet de sa poche et riant) Tiens ton chewing-gum, bébé. Ce qu'il faut pour plaire aux dames, je l'emporte. Je n'ai pas besoin d'aller le chercher, comme Dave. Qu'est-ce que tu me donnes en échange ?

MARGUERITE.
Un boisseau et une bise, et un câlin autour du cou. (Elle embrasse JIM d'un air ludique. Il lui tend le chewing-gum, lui tapotant l'épaule alors qu'il s'assoit sur la boîte.) Oh, merci. Vous êtes un homme prêt.

JIM.
Ouais, il y a beaucoup de bons côtés pour moi. Vous pouvez avoir West Tampa si vous le souhaitez.

MARGUERITE.
Tu as toujours été un garçon gentil et calme, Jim.

DAVID.
(Sortant du magasin avec un paquet de chewing-gum) Voici ton chewing-gum, Daisy.

JIM.
Oh, tu es en retard. Elle n'a plus de chewing-gum maintenant. Bougez ça vous-même.

DAVID.
(Légèrement irrité et surpris) Hunh, tu jeûnes peut-être ici maintenant avec

Daisy, mais tu n'étais pas si rapide pour sortir du poulailler de cet homme blanc la semaine dernière.

JIM.
De qui tu parles ?

DAVID.
Hou-oo ? (Faceusement) Tu n'es pas un hibou. Vos pieds ne correspondent à aucun membre.

JIM.
Oh, nègre, chut.

DAVID.
Oh, chut, toi-même. (Il s'éloigne pendant une minute alors que DAISY se retourne pour rencontrer des nouveaux arrivants. DAVE jette son paquet de chewing-gum par terre. Il se brise et plusieurs enfants se précipitent pour récupérer les morceaux. Un vieil homme, très ivre, portant un pot vide entre sur la gauche. et titube d'un air ivre à travers la scène.) (LE MAIRE JOE CLARK sort du magasin et cherche son marshall.)

CLAIRE.
(Beuglant) Lum Boger !

LUM BOGER.
(Mangeant une tige de canne) Oui, monsieur !

CLAIRE.
Mon Dieu, Lum, enlève ton paresseux de ce fût et va allumer cette lampe de ville. Tout l'été, tu manges mon melon, et tout l'hiver, tu manges ma canne. À ton avis, pourquoi cette ville te paie-t-elle ? Tu restes ici à ne rien faire ? Tu ne vois pas qu'il fait noir ?

(LUM BOGER se lève paresseusement et descend la boîte à savon, monte dessus pour allumer la lampe, n'y découvre pas d'huile et entre dans le magasin. Quelques instants plus tard, il sort du magasin, remplit la lampe et l'allume.)

MARGUERITE.
(Revenant vers JIM) Vous ne allez pas tous jouer et chanter un petit quelque chose pour moi ? Je n'ai pas beaucoup entendu votre musique depuis si longtemps.

JIM.
Jouez à ce que vous voulez, Daisy. Peu importe ce que je peux choisir. Où est ce vieux raton laveur, Dave ? (Il cherche son partenaire.)

LIGE.
(Appelle Dave, qui est appuyé contre un poteau à l'extrémité opposée du porche) Viens ici et réchauffe-toi pour Daisy.

DAVID.
Oh, ma gorge est fatiguée.

JIM.
Laissez le bébé tranquille.

MARGUERITE.
Allez, chante un peu, Dave.

DAVID.
(Revenant vers Jim) Eh bien, vu qui demande… d'accord. Quelle chanson tu aimes, Daisy ?

MARGUERITE.
Euh-m. Laisse-moi réfléchir.

VOIX SUR LE PORCHE.
« Je suis monté dans le train, je n'avais pas de billet ».

MARGUERITE.
(Gaiement) Oui, celui-là. C'en est une bonne.

JIM.
(Commence à se mettre au point. DAVE touche la main de Daisy.)

VOIX.
(Pour s'amuser) Hunh, vous n'avez pas tous joué dans la salle la semaine dernière quand on vous l'a demandé.

VOIX DE VIEILLE FEMME MÉCHANTE.
Daisy n'était pas là à ce moment-là.

UNE AUTRE VOIX.
(En taquinant) Tout ce qu'on a à faire avec certains hommes, c'est de leur secouer une queue de jupe devant le visage et ils perdent la tête.

DAVID.
(A JIM qui est encore en train de se mettre au point) Viens si tu viens, garçon, allons-y si tu grinces. (La mélodie complète de la guitare sort dans un air vif et démodé.)

VOIX.
Très bien, les garçons, faites-le pour Daisy aussi bien que vous le faites pour les Blancs de Maitland.

Dave et Jim.

(Commençant à chanter) Je suis monté dans le train, Je n'avais pas de billet, Mais j'en ai pris, j'en ai pris. Je suis monté dans le train, je n'avais pas de billet,

mais j'en ai pris,

mais j'en ai pris. Je suis monté dans le train, je n'avais pas de billet, le conducteur m'a demandé ce que je faisais là-bas, mais j'en ai pris quelques-uns !

Il m'a attrapé par le cou

et m'a conduit à la porte. Mais j'en ai monté, mais j'en ai monté. Il m'a attrapé par le cou et m'a conduit à la porte. Mais j'en ai monté, mais j'en ai monté. Il m'a attrapé par le cou et m'a conduit à la porte. M'a frappé la tête avec un quarante-quatre, mais j'en ai monté.

La première chose que j'ai vue en prison,

c'était un pot de petits pois. Mais j'en ai monté, mais j'en ai monté. La première chose que j'ai vue en prison, c'était un pot de petits pois. Mais j'en ai monté, mais j'en ai monté. Les petits pois étaient bons, La viande était grasse, Je suis tombé amoureux du gang des chaînes juste pour ça, Mais j'en ai monté.

(DAVE interprète la chanson dans une pantomime dansante et quand elle se termine, il y a des cris et des exclamations générales d'approbation de la foule.)

VOIX.
Je ne leur reproche pas, les Blancs, de devenir fous à cause de ça....

VIEIL HOMME.
Oh, quand j'étais un jeune garçon, j'avais l'habitude de faire tourner les filles sur ce morceau.

MARGUERITE.
(À JIM) On dirait que tu joues de mieux en mieux.

DAVID.
(Rapidement) Et qu'en est-il de mon chant ? (Tout le monde rit.)

DES VOIX DANS LA FOULE.
Ha! Ha! Le vieux Dave est jaloux quand elle parle de Jim.

JIM.
(À DAVE, pour s'amuser) Ce n'est rien d'autre que mon jeu. Tu n'as pas de voix pour chanter. Si c'est chanter, Dieu est un gopher.

DAVID.
(À moitié sérieux) Mon chant est bien meilleur que ton jeu. Allez-y et cadrez.

La raison pour laquelle les Blancs nous donnent de l'argent, c'est parce que je chante.

JIM.
Ouais?

DAVID.
Et tu ne sais pas danser.

VOIX DANS LA FOULE.
Tu devrais danser. Aussi gros que soient tes pieds, Dave.

MARGUERITE.
(Diplomatiquement) Vous êtes tous les deux merveilleux et j'aimerais voir Dave danser un peu.

DAVID.
Voilà, je vous l'ai dit. Qu'est-ce que je t'avais dit. (À JIM) Arrête de woofer et choisis une petite mélodie là pour que je puisse montrer quelque chose à Daisy.

JIM.
Choisir une mélodie ? Je parie que si tu te moques de moi, je ramasserai tes os comme une buse l'a fait avec le lapin. Tu ne sais pas chanter et maintenant tu veux danser.

DAVID.
Ouais, et je vais te casser la tête. Allez jouer, bon à rien.

JIM.
Très bien alors. Vous dites que vous savez danser… montrez à ces gens ce que vous pouvez faire. Mais n'apporte pas ces petits trucs que je t'ai vu faire toutes ces années. (JIM joue et DAVE danse, divers membres de la foule mesurent la mesure avec leurs mains et leurs pieds, DAISY regarde s'amuser énormément.)

MARGUERITE.
(Alors que DAVE coupe une marche très sophistiquée) Je n'ai rien vu de pareil dans le Nord. Dave, tu es sexy.

(Alors que DAVE passe à un pas plus compliqué, la foule applaudit, mais juste au moment où le spectacle commence à s'améliorer, JIM arrête soudainement de jouer.)

DAVID.
(Surpris) Qu'est-ce qu'il y a, mon pote ?

JIM.
(Envieux de l'attention que DAVE reçoit de DAISY, avec dégoût) Oh,

nègre, j'en ai marre de te voir faire l'imbécile. À part ça, j'ai joué tout l'après-midi pour les Blancs.

MARGUERITE.
Mais je pensais que tu jouais pour moi maintenant, Jim.

JIM.
Ouais, je jouerais toute la nuit pour toi, mais j'en ai marre que Dave soit ici en train de se montrer. Laissez-le prendre quelque chose et jouer pour lui-même s'il le peut. (Entre un vieil homme avec une lanterne allumée.)

MARGUERITE.
(Paisiblement) Eh bien, chérie, joue encore pour moi, alors, et ne t'en fais pas, Dave. Je pense qu'il a assez dansé. Jouez-moi "Shake That Thing".

VIEIL HOMME À LA LANTERNE.
Sho, tu n'es pas arrêté, n'est-ce pas, mon garçon ? La musique sonne très bien sur cette route sombre.

VIEILLE FEMME.
Ouais, Jim, continue à jouer un peu plus. N'agissez pas de manière aussi nègre ce soir.

DAVID.
Oh, laisse le vieux noir tranquille. Personne ne veut l'entendre jouer, du moins. Je sais que non.

JIM.
Eh bien, je vais jouer. (Et il commence à choisir « Shake That Thing ». TEETS et BOOTSIE commencent à danser avec LIGE MOSELY et FRANK WARRICK. À mesure que la mélodie devient bonne, DAVE ne peut pas non plus résister à la musique.)

DAVID.
Le vieux nègre s'éveille mais il sait jouer. (Il commence à faire quelques pas tout seul, puis se retourne devant DAISY et s'approche d'elle. DAISY, submergée par la musique, commence à avancer en rythme vers DAVE et ensemble ils dansent sans être remarqués par JIM, absorbés par le choix de sa guitare.)

MARGUERITE.
Regarde ici, bébé, cette nouvelle étape que j'ai apprise dans le Nord.

DAVID.
Tu peux me montrer n'importe quoi, morceau de sucre.

MARGUERITE.
Serre-moi fort maintenant. (Mais juste au moment où ils commencent le

nouveau mouvement, JIM remarque DAISY et DAVE. Il arrête de jouer à nouveau et pose sa guitare.)

DES VOIX DANS LA FOULE.
(Dégoûté) Oh, allez, Jim…. Tu dois être jaloux….

JIM.
Non, je ne suis pas jaloux. J'en ai juste marre de voir ce vieux nègre faire le clown tout le temps.

DAVID.
(Riant et montrant Jim sur le porche) Regarde ce bébé fou. Enlève cette lèvre du sol. Vous avez sorti la bouche juste parce que quelqu'un s'amuse. (Il s'approche et pousse JIM d'un air ludique.)

JIM.
Tu ferais mieux d'y aller et de me laisser tranquille. (À DAISY) Viens ici, Daisy !

LIGE.
C'est exactement ce que je dis. Les nègres ne peuvent pas s'amuser sans que quelqu'un se fâche… surtout contre une femme.

JIM.
Je ne suis pas en colère…. Daisy, excuse-moi, chérie, mais cet imbécile, Dave….

DAVID.
Je ne suis pas en colère non plus…. Jim essaie toujours de se moquer de moi. Mais on ne peut pas plaisanter avec lui.

MARGUERITE.
(Apaisant) Oh, maintenant, maintenant !

JIM.
Tu ne plaisantes pas. Tu le penses vraiment, nègre. Et si tu essaies d'avoir chaud, tu peux d'abord retirer ma chemise bleue que tu as mise ce matin.

DAVID.
Vous vous êtes trompé. Je ne porte aucune de tes chemises.

JIM.
Oui, tu es sur ma chemise aussi. Ne me dis pas que tu ne portes pas ma chemise.

DAVID.
Eh bien, même si c'est le cas, vous pouvez simplement retirer vos grandes plantations de mes chaussures. Vous pouvez simplement rentrer chez vous pieds nus.

JIM.

Vous essayez de m'enlever toutes mes chaussures !

LIGE.

(les apaisant) Oh, ça ne sert à rien de tout ça. Pourquoi vous voulez tous commencer cette querelle pour une petite plaisanterie.

JIM.

Personne ne se dispute…. Je joue juste un peu pour Daisy et Dave fait le clown avec elle.

CLAIRE.

(Dans l'embrasure de la porte) Je ne vais pas avoir de problèmes dans mon magasin, pas question. Tais-toi, vous tous.

JIM.

Eh bien, maire Clark, je ne suis pas en colère contre lui. Nous avons été amis toute notre vie. Il a dormi dans mon lit et a porté mes vêtements et ma bouffe….

DAVID.

J'ai et ta bouffe ? Et souvent, comme tu l'as fait, tu t'es allongé avec le ventre plein de chou vert de ma grand-mère. Vous avez mangé ma viande et mon pain bien plus de fois que moi vos têtes de poisson en compote.

JIM.

Je préfère manger des têtes de poisson en compote plutôt que de voler dans les maisons des autres jusqu'à ce que tu t'endormes sur le perchoir, que tu tombes une nuit et que tu détruises la poule. (Grands rires de la foule)

DAVID.

Vous êtes un menteur si vous dites que j'ai volé les poulets de quelqu'un. Je n'étais pas obligé. Mais toi… avant de commencer à jouer avec moi, à jouer avec ta petite boîte, tu avais tellement faim que tu avais la bouche blanche. Si ce n'était pas ces Blancs qui *me jetaient* de l'argent pour que *je* danse, tu serais mince comme un murmure en ce moment.

JIM.

(Riant sarcastiquement) Votre danse ! Ça fait longtemps que tu sautes ici comme un singe sans queue dans une marmite et personne ne t'a prêté attention jusqu'à ce que j'arrive en train de jouer.

LINDSAY.

Les garçons, les garçons, ce n'est pas une façon pour les amis de continuer.

MARGUERITE.

Eh bien, si vous voulez continuer cette querelle et continuer, je rentre à la maison. De toute façon, il est temps pour moi de retourner auprès de mes

Blancs. Il fait sombre maintenant. J'y vais, même si je dois y aller seul. Je ne devrais pas m'arrêter ici, de toute façon.

JIM.
(arrêtant sa querelle) Tu ne rentreras pas seul chez toi. Je viens avec toi.

DAVID.
(Chantant doucement) C'est peut-être vrai, je ne sais pas. Mais ça me semble être un mensonge.

WALTER.
Dave n'a pas autant de sang de lapin qu'on le pensait.

DAVID.
Parlez-leur de moi. (se tourne vers DAISY) Ne voudriez-vous pas me choisir une friandise, Miss Daisy, avant de partir ?

MARGUERITE.
(Puidement) Oui, monsieur, merci. Je veux un verre d'eau gazeuse.

(DAVE baisse son chapeau sur ses yeux, se retourne et offre son bras à DAISY. Ils se pavanent dans le magasin, DAVE regardant JIM avec mépris alors qu'il passe. La foule éclate de rire, au grand embarras de JIM.)

LIGE.
Le vieux Dave vient de t'écraser dessus, Jim.

WALTER.
Je pensais que tu étais un homme tellement sexy.

LUM BOGER.
Tu veux que j'y aille, que j'arrête Daisy et que je te l'amène ?

JIM.
(S'asseyant sur le bord du porche, un pied sur la marche et allumant une cigarette en faisant semblant de ne pas être dérangé.) Oh, je l'aurai quand je la veux. Laissez-le la soigner, mais voyez qui se pavane autour de ce lac et sur la voie ferrée avec elle de temps en temps.

(DAVE et DAISY sortent du magasin, chacun tenant une bouteille de soda rouge et rient ensemble. Alors qu'ils descendent les marches, DAVE marche accidentellement sur le pied tendu de JIM. JIM saute et repousse DAVE, ce qui lui fait renverser le soda rouge. partout sur le devant de sa chemise blanche.)

JIM.
Ne me touche pas, gros bœuf.

DAVID.

Eh bien, vous n'êtes pas obligé de me mouiller, n'est-ce pas, vous et moi en compagnie ? Pourquoi tu ne mets pas ton foutu pied dans ta poche ?

MARGUERITE.

(Essuyant le devant de la chemise de DAVE avec son mouchoir) Oh, ce n'est pas trop mal.

JIM.

(à DAVE) Eh bien, à qui ai-je mouillé la chemise ? De toute façon, c'est le mien, n'est-ce pas ?

DAVID.

(De manière belliqueuse) Eh bien, si c'est ta chemise, alors viens me l'enlever. J'en ai marre de ta lèvre.

JIM.

Eh bien, je le ferai.

DAVID.

Eh bien, mets ton poing là où se trouvent tes lèvres. (poussant DAISY de côté.)

MARGUERITE.

(Effrayé) Je veux rentrer à la maison. Ne vous battez pas tous, les garçons.

(JIM tente de monter les marches. DAVE le repousse et il trébuche et tombe dans la poussière. Excitation générale alors que la foule sent une bagarre.)

PETIT GARÇON.

(Au bord de la foule) Combattez, combattez, vous n'êtes pas un parent. Entretuez-vous, ce ne sera pas un péché. Combattez, combattez, vous n'êtes pas un parent.

(JIM saute et se précipite vers DAVE alors que ce dernier descend les marches. DAVE le rencontre avec son poing en plein visage et le fait reculer, confus.)

MARGUERITE.

(Toujours sur le porche, à moitié en pleurs) Oh, mon Lawd ! Je veux aller a la maison.

(Brouillard général, cris de femmes : « Ne les laissez pas se battre. » « Pourquoi personne ne les arrête-t-il ? » « Quel genre d'hommes êtes-vous tous, restez assis là et laissez ces garçons se battre comme ça. » Voix d'hommes encourageant le combat : « Oh, laissez-les se battre. » « Allez pour lui, Dave » « Frappez-le, Jim. »

JIM se précipite à nouveau vers les marches. Il stupéfie DAVE. DAVE frappe JIM une fois de plus. Cette fois, JIM attrape l'os de la mule alors qu'il se lève, se précipite sur DAVE, frappe DAVE à la tête avec et l'assomme. DAVE tombe à plat ventre sur le dos. Il y a une grande excitation.)

VIEILLE FEMME.
(Crie) Lawdy, est-il en kilt ? (Plusieurs hommes se précipitent vers l'homme tombé.)

VOIX.
Courez jusqu'à la pompe et prenez une louche d'eau.

CLAIRE.
(À sa femme dans la porte) Mattie, sors de ce magasin avec une bouteille d'huile d'essence de sorcière aussi vite que possible. Jim Weston, je vais vous arrêter pour ça. Vous Lum Boger. Où est ce Marshall ? Lum Boger! (LUM BOGER se détache de la foule.) Arrêtez Jim.

LUM.
(Attrape le bras de Jim, le débarrasse de l'os de la mule et regarde le maire, impuissant.) Maintenant que je l'ai fait arrêter, qu'est-ce que je vais faire de lui ?

CLAIRE.
Enfermez-le là-bas dans ma grange jusqu'à lundi, date à laquelle nous aurons le procès à l'église baptiste.

LINDSAY.
Ouais, comme tous les autres méthodistes… ils essaient toujours de s'en prendre aux gens sous-jacents.

WALTER.
Ce n'est pas pire que certains d'entre vous, les baptistes, en aucun cas. Vous ne dirigez pas tous cette ville. Nous avons autant à dire que vous.

CLAIRE.
(En colère contre les deux hommes) Tais-toi ! J'en ai assez de discuter devant chez moi. (À LUM BOGER) Emmène ce garçon et enferme-le dans ma grange. Et gardez cet os de mulet comme preuve.

(LUM BOGER entraîne JIM vers l'arrière du magasin. Une foule le suit. D'autres hommes et femmes sont occupés à appliquer des produits de restauration sur DAVE. DAISY se tient seule, inaperçue au centre de la scène.)

MARGUERITE.
(Inquiet) Maintenant, qui va me ramener à la maison ?

:::: RIDEAU::::

ACTE DEUX

SCÈNE I

CADRE : Scène de rue d'un village ; un immense chêne au centre de la scène; une maison ou deux en toile de fond. Lorsque le rideau se lève, on voit sœur LUCY TAYLOR debout sous l'arbre. Elle l'épelle péniblement.

(Entre SŒUR THOMAS, une femme plus jeune (dans la trentaine) à gauche.)

SŒUR THOMAS.
Soirée, sœur Taylor.

SOEUR TAYLOR.
Même dans'. (Retour à l'avis)

SŒUR THOMAS.
Qu'est-ce que tu fais ? Vous avez lu l'avis publié par Joe Clark à propos de la réunion ? (Arbre des approches)

SOEUR TAYLOR.
Est-ce que c'est ce qui est dit ? Je ne lis pas beaucoup depuis qu'on m'a arraché les dents. Vous savez, si vous arrachez les dents de vos yeux, vous ruinez votre vue. (se retourne pour remarquer) Qu'est-ce que ça dit ?

SŒUR THOMAS.
(Avis de lecture) « Le procès de Jim Weston pour coups et blessures sur Dave Carter avec une arme dangereuse aura lieu à l'église baptiste de Macédoine le lundi 10 novembre à trois heures. Tout le monde est bienvenu. Par ordre de J. Clark, maire d'Eatonville, Floride. (se tournant vers SOEUR TAYLOR) On arrive à trois maintenant.

SOEUR TAYLOR.
Tu veux dire que c'est *maintenant* . (Il lève les yeux vers le soleil pour lire l'heure) Laisse-moi me préparer pour le procès parce que je vais y être et je ne vais pas me mordre la langue non plus.

SŒUR THOMAS.
Je suis allé chier un tas de chou vert pour le dîner. Je ferais mieux d'aller les mettre parce que Lawd sait quand nous allons sortir de là-bas et mon mari est l'un d'entre eux qui va manger, ne sait pas ce qui se passe. Je parie que si le jour du jugement devait arriver demain, il me demanderait de lui préparer un seau à transporter longtemps. (Elle se dirige vers la sortie, à droite)

SOEUR TAYLOR.
Tous les hommes préfèrent leurs tripes, Chili. Mais que pensez-vous de tout le désordre qu'ils ont eu ici ?

SŒUR THOMAS.
Je pense juste que c'est un péché et une honte pour la justice de vivre la façon dont les nègres de Baptis courent ici et continuent.

SOEUR TAYLOR.
Oh, ils se vantent depuis samedi soir de ce qu'ils vont faire à Jim. Ils pensent qu'ils dirigent cette ville. On me dit que le révérend CHILDERS a déjà prêché un sermon à ce sujet.

SŒUR THOMAS.
Aidez-nous ! Il ne peut pas prêcher et il a l'air d'avoir 10 cents de miséricorde, encore moins d'essayer de nous lancer des critiques. Maintenant, tout ce que frère Simms a fait pour nous expliquer nos droits… que pensez-vous de Joe Clarke qui court ici pour défendre ces vieux nègres baptistes ?

SOEUR TAYLOR.
Ce vaurien aux tripes de casse-tête… nous devrions le réunir en conférence et le mettre hors de la foi de Methdis. Il n'a pas sa place là-dedans - je veux que ce garçon quitte la ville pour rien.

SŒUR THOMAS.
Mais nous savons tous pourquoi il a si envie de chasser Jim de la ville — c'est pour creuser les fondations sous Elder Simms.

SOEUR TAYLOR.
Pourquoi veut-il faire ça ?

SŒUR THOMAS.
Parce qu'il veut être un Dieu qui sait tout et un Dieu qui fait tout et Simms est le seul dans cette ville à pouvoir lui obéir.

(Entre SOEUR JONES, marchant tranquillement.)

SOEUR JONES.
Bonjour Hoyt, bonjour Lucy.

SOEUR TAYLOR.
Tu vas à la réunion ?

SOEUR JONES.
J'ai mis mes vêtements sur la ligne et je serai forcément là.

SŒUR THOMAS.
Gointer témoigne pour Jim ?

SOEUR JONES.
Non, je pense que la façon dont la goutte tombe ne fait pas une grande différence pour moi…. Cela ne sert à rien ni l'un ni l'autre.

SOEUR TAYLOR.

Je sais cela. Je le sais, Ida. Mais ce n'est pas la question. Le corbeau que nous voulons choisir est : est-ce que nous sommes encore assis et laissons ces baptistes nous dire quand planter et quand arracher ?

SOEUR JONES.

C'est une chose à laquelle il faut penser quand on y pense. (commence à avancer) Je suppose que je ferais mieux d'y aller – à plus tard et de vous le dire plus directement.

(Entre Elder SIMMS, à droite, marchant vite, la Bible sous le bras, et manque presque d'entrer en collision avec SOEUR JONES alors qu'elle sort.)

SIMMS.

Oh, excusez-moi, sœur Jones. (Elle hoche la tête, sourit et sort.) Comment allez-vous, sœur Taylor, sœur Thomas.

LES DEUX.

Bonsoir, aîné.

SIMMS.

Sho est une journée chaude.

SOEUR TAYLOR.

Ouais, l'ours marche sur terre sans être un homme naturel.

SŒUR THOMAS.

Révérend, on dirait que vous vous dirigez dans la mauvaise direction. C'est presque l'heure du procès et vous n'êtes plus dépendants.

SIMMS.

Je sais cela. J'essaie de trouver De Marshall pour qu'on s'en prenne à Jim. Je veux avoir une chance de lui parler une minute avant le début du procès.

SOEUR TAYLOR.

Tu penses qu'il sera clair ?

SIMMS.

(Fièrement) Je le *sais* ! (secoue la Bible) Je vais les interpréter de la Genèse à l'Apocalypse.

SŒUR THOMAS.

Donnez-le-leur, Ancien. Portez-les !

SIMMS.

Nous aurons probablement un nouveau maire quand toute la poussière sera retombée. Eh bien, je ferais mieux de continuer à me battre sur la route. (Sortie, à gauche.)

SŒUR THOMAS.

Seigneur, laisse-moi rentrer à la maison et mettre ces légumes verts. (Il regarde hors de la scène) Voici maintenant le maire Clark, avec son ventre posé devant lui comme un attrape-vaches ! Son nom devrait être Maire Belly.

SOEUR TAYLOR.

(Bras sur les hanches) Jus, regarde-le ! J'essaie de ressembler à un jigadier Breneral.

(Entre CLARK, chaud et en sueur. Ils le regardent froidement.)

CLAIRE.

Mon Dieu, l'ours m'a eu ! (Silence un instant) Comment vous sentez-vous, mesdames ?

SOEUR TAYLOR.

Frère Maire, je ne fais pas partie de ces gens qui me mordent la langue et me cassent le culot – ce qu'il y a à l'intérieur doit sortir ! Je ne vois pas pourquoi vous vous cachez avec ces buses baptistes dans votre propre église.

LE MAIRE CLARK.

Je ne me cache pas sans *personne* . Je suis le maire de toute cette ville, je défends le bien et le mal – je me fiche de qui il tue ou guérit.

SŒUR THOMAS.

Tu penses que c'est bien de fuir ce garçon pour rien ?

CLAIRE.

Moi mon Dieu ! Tu n'appelles rien frapper un homme à la tête avec un os de mulet ? « Autre mince ; J'ai raté neuf de mes meilleures poules pondeuses. Je ne dis pas que Jim les a eu, mais différentes personnes m'ont dit qu'il enfouissait un tas de plumes dans son jardin. Mon Dieu, je suis un homme en ruine ! (Il se dirige vers la sortie de droite, mais LUM BOGER entre à droite.) Mon Dieu, Lum, je t'ai cherché toute la journée. Il est presque trois heures. (lui tend une clé de sa bague) Prends cette clé et va chercher Jim Weston à l'église.

LUM.

Avez-vous récupéré votre marteau de la loge ?

CLAIRE.

Mon Dieu, c'est vrai, Lum. Je vais le chercher dans la chambre du pavillon pendant que vous irez vous débarrasser des os et du prisonnier. Dépêche-toi! Vous marchez comme des poux morts qui vous tombent dessus. (Il sort à droite tandis que LUM traverse la scène vers la gauche.)

SOEUR TAYLOR.
Lum, frère Simms t'a traqué... il s'est rendu près de la grange. (Elle fait un geste)

LUM BOGER.
Je pense que je vais le dépasser. (Sortez à gauche.)

SŒUR THOMAS.
Je ferais mieux d'aller mettre ces légumes verts. Mon mari me tuera s'il ne trouve pas de souper prêt. Voici Mme Blunt. Elle devrait avoir l'impression d'avoir pitié d'un sou et que tout pue derrière sa fille.

SOEUR TAYLOR.
Au Chili, certaines personnes n'apprécient pas. Ils n'élèvent pas leur chillun ; ils les traînent. Dieu sait si Daisy était à moi, je la jetterais à terre et lui mettrais cent coups de fouet dans le dos avec un fil de charrue. La voici entrer dans le magasin samedi soir (Actes timides et coquets, promenade burlesque de DAISY) une torsion et une torsion !

(Entre Mme BLUNT, à gauche.)

MME. ÉMOUSSÉ.
Comment allez-vous, mes sœurs ?

SŒUR THOMAS.
Très bien, Miz Blunt, comment va ?

MME. ÉMOUSSÉ.
Oh, couci-couça.

MME. TAILLEUR.
Je donne des coups de pied, mais pas planant.

MME. ÉMOUSSÉ.
Eh bien, Dieu merci, vous êtes toujours sur un terrain de prière et dans un pays biblique. Moi, je ne suis pas tellement nombreux aujourd'hui. Les nègres ont mélangé le nom de ma Daisy dans tout ce désordre.

MME. TAILLEUR.
Cela ne vous dérange pas, sœur Blunt. Les gens *vont* juste parler. Ils parlent à New York, à Georgy et en Italie.

SŒUR THOMAS.
Chili, si vous parlez aux gens, ils vous auront dans le cimetière ou dans celui de Chattahoochee. Vous ne pouvez pas prêter attention à parler.

MME. ÉMOUSSÉ.
Eh bien, je sais une chose. L'homme ou la femme, le poussin ou l'enfant, le grizzly ou le gris, qui me disent en face quelque chose de mal à propos de

mon chili, je vais prendre *mon* poing (remonte la manche droite et fait un geste avec le poing droit) et leur cogne les dents dans leur gorge. (Elle a l'air féroce) Au cas où vous sauriez tous que j'ai élevé ma Daisy juste autour de mes pieds jusqu'à ce que je la laisse aller dans le nord l'année dernière avec ces gens blancs. Je préférerais qu'elle soit dans la cuisine des Blancs plutôt que de marcher dans les rues comme certaines de ces filles d'ici. Si je le dis, j'ai élevé une dame. Elle n'y peut rien si tous ces hommes se retrouvent coincés sur elle.

MME. TAILLEUR.
Vous dites la vérité, sœur Blunt. C'est ce que je dis toujours : ne faites pas confiance à ces nègres. Faites-le, ils vous mettront dans la rue.

MME. THOMAS.
Non, en effet, ne vous syndiquez jamais avec des nègres. Faites-le, ils vous discrimineront. Ce sera *n'importe qui* . Tu vas au procès, n'est-ce pas ?

MME. ÉMOUSSÉ.
Aussi sho que tu ronfles. Et ils feraient mieux de laisser le nom de Daisy de côté aussi. Je lui ai dit et lui ai dit de rentrer directement de son travail. Non, elle a dû passer au magasin et se faire écorcher les gencives avec ces nègres trash. Elle ferait mieux de ne pas laisser ces Blancs aujourd'hui venir traîner ici en méprisant son nom avec tout ce désordre de nègres. Faites-le, je vais la tuer. Aucune de mes filles ne fera ce qu'elle veut, tant qu'elle vivra au son de ma voix. (Elle traverse à droite.)

MME. THOMAS.
C'est vrai, sœur Blunt. Je me glorifie de ton courage. Seigneur, je ferais mieux d'aller préparer mon dîner.

(Alors que MME BLUNT sort, à droite, le RÉV. CHILDERS entre à gauche avec DAVE et DEACON LINDSAY et SOEUR LEWIS. Regards très hostiles des SOEURS THOMAS et TAYLOR vers les autres.)

ENFANTS.
Bonsoir, les amis.

(LES SOEURS THOMAS et TAYLOR grognent. Mme THOMAS fait un pas ou deux vers la sortie. Flirte avec ses jupes et sort.)

LINDSAY.
(En colère) Qu'est-ce qui se passe, vous tous ? Le chat a ta langue ?

MME. TAILLEUR.
Il y a plus de matière que vos parents dispersés partout à Cincinnatti.

LINDSAY.
Allez-y, Lucy Taylor. Allez-y. Tu sais, un très peu de ton sucre adoucit mon

café. Allez-y. Chaque fois que vous levez le bras, vous sentez comme un nid de marteaux jaunes.

MME. TAILLEUR.
Allez-y tête baissée. On dirait que ta tête a épuisé trois corps. Tu parles de *mon* odeur, tu sens toi-même un nid de grands-pères.

LINDSAY.
Allez, continue sur la route, Oman. Ah, je ne veux pas changer de mots avec toi. Tu es trop moche.

MME. TAILLEUR.
Tu n'es le joli bébé de personne, toi-même. Tu es si moche, je parie que ta femme doit étendre un drap sur ta tête pour laisser le sommeil t'envahir.

LINDSAY.
(Menaçant) Tu ferais mieux de t'éloigner de moi tant que tu le peux. Je t'ai déjà dit que je ne voulais pas reprendre mon souffle avec toi. C'est vraiment mieux de partir sur ses propres jambes que d'être transporté. J'en ai marre que tu aies du mal par ici. Tu es fou de moi maintenant et je te mettrai en haillons de poupée, Tony ou pas Tony.

MME. TAILLEUR.
(sautant au visage) Me frapper ? Frappez-moi! Je te défie de me frapper. Si vous prenez ce défi, vous lui volerez et mangerez ses cheveux.

LINDSAY.
Laisse-moi aller à cette église avant que tu me fasses te piétiner. (Il sort, à droite.)

MME. TAILLEUR.
Tu veux dire que tu vas *te faire* piétiner. Je vais aussi au procès. Le prochain procès sera *moi* pour avoir donné des coups de pied à certains, euh, nègres baptistes.

(Un grand bruit se fait entendre hors de la scène, à gauche. Les voix colériques et moqueuses des enfants. MME. TAYLOR regarde à gauche et fait un pas ou deux vers la sortie de gauche alors que le bruit se rapproche.)

VOIX D'UN ENFANT.
Dis-lui! Dis-lui! Montez-la et sentez-la. Ta maman n'a rien à faire avec moi.

MME. TAILLEUR.
(Crier à gauche) Vous les petits Haïtiens de Baptis, vous les laissez tranquilles. Si vous ne le faites pas, c'est mieux !

(Entrent une dizaine d'enfants qui se débattent et luttent en groupe. Mme TAYLOR cherche par terre un bâton avec lequel frapper les enfants.)

VOIX D'ENFANT.
Hé! Hé! Il s'est moqué de ça pour le faire tomber. Lâche!

MME. TAILLEUR.
Si vous ne rentrez pas à la maison !

Petite fille impertinente.
(Debout sur les hanches) Je sais que tu ferais mieux de ne pas me toucher,
est-ce que ma maman s'occupera de toi.

MME. TAILLEUR.
(Faire semblant de la frapper.) Tais-toi, sale petite génisse, tu me harcèles !
Tu n'es pas à moitié élevé.

(La petite fille se secoue vers Mme TAYLOR et est rejointe par deux ou
trois autres.)

MME. TAILLEUR.
(Je marche vers la sortie de droite.) Je vais à l'église et je te le dis, maman.
Mais elle n'a pas été à moitié élevée elle-même. (Elle sort à droite avec
plusieurs enfants qui font des grimaces derrière elle.)

UN GARCON.
(À une FILLE impertinente) Aw, haw ! Vous tous, vieux Baptis, n'avez pas
de bibliothèque dans votre église. Nous y sommes allés un jour et j'ai vu
une boîte de biscuits soda installée dans le coin, alors je me suis assis
dessus. (Montrant une FILLE impertinente) Tu sais ce que dit vieille Mary
Ella ? (Rires moqueurs) Willie, tu te fous de notre bibliothèque ! Aubépine!
Aubépine!

MARIE ELLA.
Vous tous, vieux Meth'dis, n'avez pas de vitres dans votre vieille église.

UNE AUTRE FILLE.
(Prend le centre du stand, les mains sur les hanches et secoue ses hanches)
Je ne sais pas ce que vous dites, je suis un Meth'dis élevé et' euh Meth'dis
est né et quand je serai mort là-bas' je serai euh, Meth'dis est parti.

MARIE ELLA.
(Il claque des doigts sous le nez d'une autre fille et commence à chanter.
Plusieurs la rejoignent.) Oh Baptis, Baptis est mon nom Mon nom est écrit
en haut J'ai eu mon coup de langue dans l'église de Baptis Gointer mange la
tarte de Meth'dis.

(Les enfants méthodistes se moquent et font des grimaces. Le camp
baptiste fait des grimaces ; pendant une minute complète, il y a un silence
pendant que chaque camp essaie de surpasser l'autre en faisant des
grimaces. Le Baptiste fait la dernière grimace.)

GARÇON MÉTHODISTE.
Allez, à moins qu'on ne les remarque pas. Moins aller à l'église et entendre le procès.

MARIE ELLA.
Vous n'êtes pas tous les seuls à être parents. Nous y allons aussi.

WILLIE.
Oh, oh ! Copiez les chats ! (fait la grimace) C'est vrai. Suivez-nous derrière nous, lak euh queue de chiot. (Ils commencent à marcher vers la sortie de droite, échangeant leurs vêtements derrière.) C'est vrai. Suivez-nous derrière nous, lak euh queue de chiot. (Ils commencent à marcher vers la sortie de droite, échangeant leurs vêtements derrière eux.)

(Les enfants baptistes se précipitent et luttent pour se placer devant les méthodistes. Ils réussissent finalement à jeter certains des enfants méthodistes à terre et d'autres derrière eux et se dirigent vers la sortie de droite en changeant hautament leurs vêtements.)

WILLIE.
(Chuchote à sa foule) Allez moins faire le tour du terrain de Mosely et battez-les là-bas !

AUTRES.
D'accord!

WILLIE.
(Crier aux baptistes) Nous ne marcherions pas derrière aucun vieux baptiste !

(Les méthodistes se retournent et se dirigent vers la sortie de gauche, changeant de vêtements comme le font les baptistes.)

RIDEAU LENT

ACTE TROIS

CADRE : *Un tronçon élevé de voie ferrée à travers une luxueuse forêt de Floride. Le coucher du soleil approche.*

ACTION : *Lorsque le rideau se lève, il n'y a personne sur scène, mais il y a un bruit et un brouhaha énormes en dehors de la scène. Il y a des cris de dérision et des cris de colère. Une partie de la foule essaie de garder JIM en ville, et une autre partie le chasse. Après une bonne minute, JIM entre avec sa guitare autour du cou et son manteau sur l'épaule. Le soleil baisse et rouge à travers la forêt. Il regarde en arrière avec colère et crie après la foule. Un missile est lancé sur lui. JIM laisse tomber son manteau et sa guitare, attrape un morceau de brique et fait le geste menaçant de le lancer.*

JIM.
(Il revient en courant par où il est venu et lance la brique de toutes ses forces) Je vais en tuer quelques-uns, vieux nègres aux chevilles creuses. (Il attrape un autre morceau de brique.) Je sors de ta vieille ville. Maintenant, laissez certains d'entre vous, vieux baptistes d'une demi-pinte, laisser votre Dieu de bois et Jésus tige de maïs vous tromper pour qu'ils me frappent. (Il menace de lancer à nouveau. Il y a des cris effrayés et on entend la foule revenir en courant.) De toute façon, je suis content d'être sorti de ta vieille ville. Je ne reviendrai jamais non plus. De toute façon, vous avez ruiné la ville, vieux nègres à croupe laid.

(Il y a un silence complet hors de la scène. JIM fait quelques pas avec son manteau et sa guitare, puis s'assoit sur le talus de la voie ferrée face au public. Il enlève une chaussure et verse le sable. Il tient la chaussure dans sa main un moment. et regarde avec nostalgie la voie ferrée.)

JIM.
Lawd, les gens, c'est trompeur. (Il enfile la chaussure et regarde à nouveau la piste.) Je n'aurais jamais pensé que les gens agiraient comme ça. (Laçage de la chaussure) Spécialement Dave Carter, tout comme lui et moi avons fait des progues ensemble pour nager, jouer au ballon et faire la sérénade des filles et des blancs. (Il reste assis là, sombre et silencieux pendant un moment, puis regarde derrière lui, prend sa guitare et commence à choisir un morceau. La musique est très triste, mais il s'interrompt en disant : " VOUS POUVEZ QUITTER ET ALLER À HALIMUHFACKS, MAIS MON LENT DRAG VOUS ramènera. » Quand il a fini, il regarde le soleil et ramasse son manteau.)

JIM.
Je pense que je ferais mieux de continuer sur la route et d'aller quelque part. Lawd sait où. (Il s'arrête brusquement et se retourne vers le village. Il fait un pas ou deux.) Tout ça est en désordre et ça pue pour rien. Dave sait très bien

que je ne voulais pas lui faire trop de mal. (Il enlève sa casquette et se gratte soigneusement la tête. Puis il se retourne et reprend la route à gauche. Entre DAISY, à gauche, marchant vite et haletante, la tête baissée. Ils se rencontrent.)

MARGUERITE.
Oh, bonjour, Jim. (Un peu surpris et surpris)

JIM.
(Je ne l'attends pas) Bonjour, Daisy. (Silence gêné.)

MARGUERITE.
Je venais juste en ville pour voir comment tu t'en sortais.

JIM.
Vous n'avez pas besoin d'aller très loin pour découvrir ça... vous et Dave m'avez fait fuir la ville pour rien.

MARGUERITE.
(mettant sa main sur son bras) Ils ne t'ont pas chassé de la ville, n'est-ce pas ?

JIM.
(secouant sa main) Pourquoi pensez-vous que je compte les liaisons de M. Railroad pour... juste pour savoir combien de liaisons entre ici et Orlando ?

MARGUERITE.
(à nouveau la main sur son bras) Ils ne peuvent pas te faire fuir comme ça !

JIM.
Lâchez-moi, Daisy ! Comment se fait-il qu'ils ne puissent pas m'enfuir avec toi et Dave et tout le monde avec moi ?

MARGUERITE.
Je n'ai pas ouvert ma bouche contre toi, Jim. Je n'ai pas dit un mot... Je n'étais même pas présent au vieux procès. Ma madame ne m'a pas laissé partir. Je viendrais juste pour te voir maintenant.

JIM.
Oh, vas-y. Vous pensiez que j'étais parti trop longtemps pour en parler. Tu le transportais en ville pour voir Dave... c'est ce que tu faisais... après m'avoir tout gâché.

MARGUERITE.
(Faire semblant de pleurer) Je n'étudiais pas à propos de Dave.

JIM.
(J'espère) Oh, ne me le dis pas. (Chante) Cendres en cendres, poussière en

poussière, montre-moi une femme en qui un homme peut avoir confiance. (DAISY pleure maintenant.)

JIM.
Pourquoi pleures-tu ? Tu sais que tu aimes Dave. Je suis ton homme-singe. Il pourrait toujours faire plus avec toi que moi.

MARGUERITE.
Non, tu n'es pas non plus un homme-singe. Je ne veux pas que tu quittes la ville. Je ne voulais pas que vous vous disputiez pour moi, en aucun cas.

JIM.
Oh, continue sur la route avec ces trucs. Un doubleur comme toi ne sait pas ce qui se passe. Dave et moi sommes de bons amis depuis notre naissance jusqu'à ce que tu doives aller te défouler.

MARGUERITE.
Qu'est-ce que j'ai fait? Tout ce que j'ai fait, c'est venir te voir en ville et te prendre une bouchée de chewing-gum. La prochaine chose que je sais, c'est que vous vous battez et que vous continuez.

JrM : (reste silencieux pendant un moment) Es-tu venu là-bas samedi soir pour me voir, sho nuff, chérie ?

MARGUERITE.
Tout le monde pouvait voir ça sauf toi.

JIM.
Tout comme je te l'ai dit, Daisy, avant que tu partes d'ici et que tu partes vers le Nord. Je pourrais t'embrasser tous les jours... aussi régulièrement que des traces de cochons.

MARGUERITE.
Et je t'ai dit que je pouvais le supporter aussi, aussi régulièrement que toi.

JIM.
(L'attrapant par le bras et la tirant avec lui sur la rampe) Asseyez-vous ici, Daisy. Parlons moins, discutons. Tu veux que je m'en foute ? Hones' à Dieu?

MARGUERITE.
(Pudisme) 'Tu te souviens de ce que je t'ai dit sur le lac l'été dernier ?

JIM.
Eh bien, Daisy ? (DAISY hoche la tête en souriant)

JIM.
(Malheureusement) Mais je dois y aller. Qu'est-ce qu'on va faire à propos de ça ?

MARGUERITE.
Où vas-tu, Jim ?

JIM.
(regardant tristement la piste) Dieu sait.

(Hors scène, venant de la même direction par laquelle JIM est entré, on entend un sifflement et un piétinement de pieds sur les traverses.)

JIM.
(Éclaircissant) C'est Dave ! (Fronçant les sourcils) Je me demande ce qu'il fait en marchant sur cette piste ? (regarde DAISY d'un air accusateur) Je parie qu'il va sur ton lieu de travail.

MARGUERITE.
Pourquoi ?

JIM.
Il ne va pas voir madame, il doit aller vous voir. (Il commence à se lever avec colère alors que DAVE entre en scène. Daisy se lève également.)

DAVID.
(Il regarde l'un après l'autre d'un air accusateur) Pourquoi vous sautez tous dessus ? JE . . .

JIM.
Qu'est-ce que tu as envie de faire avec nous ? Cela ne vous regarde pas si nous nous levons, nous posons ou volons comme un faucon skeeter.

DAVID.
Qui a dit que j'étais fidèle ? Ce chemin de fer appartient à cet homme. Je peux le parcourir aussi bien que vous, n'est-ce pas ?

JIM.
(Riant avec exultation) Oh, ouais, M. Do-Dirty ! Vous pensiez que vous m'aviez fait fuir pour pouvoir tuer Daisy tout seul. Vous alliez droit vers son lieu de travail.

DAVID.
Je n'étais pas une telle chose.

JIM.
Tu étais. Ne t'ai-je pas entendu descendre la piste en sifflant et tout ?

DAVID.
Tu es un grand vieux Georgy, quelque chose ne va pas ! J'ai fini par avoir le ventre plein de Daisy samedi soir. Elle ne peut plus ronfler dans mon oreille.

MARGUERITE.
(Indigné) Pourquoi es-tu venu ici pour me dévaloriser, Dave Carter ? Je ne

t'ai rien fait à part te traiter en blanc. Qui est venu te frotter la tête hier si ce n'était pas moi ?

DAVID.
Ouais, tu m'as bien frotté la tête, et j'ai bien aimé ça. Mais tout le monde dit que tu as apporté une casserole dans la grange de Joe Clarke pour Jim avant que je te voie.

MARGUERITE.
Vous pensez que j'allais laisser Jim s'allonger là sans que rien ne soit bon à manger pour un chien ?

DAVID.
Tout va bien, Daisy. Si tu veux payer Jim pour m'avoir frappé à la tête, d'accord. Mais je suis un homme dans une classe... dans une classe à part et personne ne connaît mon nom.

JIM.
(Attrapant Daisy pour lui faire face) Étiez-vous hier chez Dave, frottant sa vieille tête et vous cachant avec lui pour me chasser de la ville... et j'ai levé les yeux dans cette grange avec les vaches et les mules ?

MARGUERITE.
(Sanglotant) Vous tous les deux criez après moi et vous vous embêtez juste parce que j'essaie d'être gentil... et aucun de vous ne s'intéresse à moi.

(LES DEUX GARÇONS se regardent par-dessus la tête de DAISY et tous deux essaient de la serrer dans ses bras en même temps. Elle s'arrache violemment des deux et fait mine de passer à autre chose.)

MARGUERITE.
Laissez-moi partir ! Enlève-moi tes mains rouillées. Je retourne à mon lieu de travail. Je viens juste de vous voir et de voir comment vous me traitez.

JIM.
Attends une minute, Daisy. Je t'aime comme Dieu aime Gabriel... et c'est son meilleur ange.

DAVID.
Daisy, je t'aime plus fort que le tonnerre ne peut heurter un puisard... si je ne le fais pas... Dieu est un gopher.

MARGUERITE.
(Éclaircissant) C'est la première fois que tu dis ça.

Dave et Jim.
OMS?

JIM.

Pourquoi cries-tu « pour qui » ? Votre gros ne correspond à aucun membre.

DAVID.

Parle quand tu as parlé à... viens quand tu as appelé, l'automne prochain tu seras mon chien coon houn'.

JIM.

Table de discussion. (se tournant vers DAISY) Tu ne me laisses jamais aucune chance de te parler, n'est-ce pas.

DAVID.

VOUS m'avez donné l'impression que vous essayiez de me mettre le livre de Ned sur moi tout le temps. Est-ce que tu m'aimes sho nuff, Daisy ?

MARGUERITE.

(Refleurissant dans la coquetterie) Oh, vous feriez mieux d'arrêter ça. Tu sais que tu ne le penses pas.

DAVID.

Qui ne le pense pas ? Laisse-moi te dire quelque chose, maman, si tu étais à moi, je ne te laisserais pas compter sans cravates avec tes jolis petits orteils. Tu sais ce que je ferais ?

MARGUERITE.

(Pudisme) Non, que ferais-tu ?

DAVID.

Je t'achèterais tout un train de voyageurs... et j'embaucherais des hommes pour le faire fonctionner à ta place.

MARGUERITE.

(Heureusement) Oo-ooh, Dave.

JIM.

(À Dave) Le vent peut souffler, la porte claque, ça te ferme, ça ne vaut pas un barrage. (À Daisy) Je t'achèterais un très gros vieux navire... et puis, bébé, je t'achèterais un océan sur lequel naviguer avec votre bateau.

Daisy : (Joiement) Oo-ooh, Jim.

DAVID.

(À Jim ; Une longue traînée, un court fourgon de queue. Ça ne sert à rien de mentir sur ce que vous tirez. (À Daisy) Miss Daisy, vous savez ce que je ferais pour vous ?

MARGUERITE.

Non, et quoi ?

DAVID.
Je descendais la rivière chevauchant un chat de boue et chargeant un vairon.

MARGUERITE.
Lawd, Dave, c'est de la propagande.

JIM.
(d'un air maussade) Non, il ne l'est pas... il ment juste... c'est un noble menteur. Tu sais ce que je ferais si tu étais à moi ?

MARGUERITE.
Non, Jim.

JIM.
Je ferais en sorte qu'une panthère lave ta vaisselle et qu'un gater te coupe du bois pour toi.

DAVID.
Daisy, pourquoi as-tu laissé Jim mentir comme ça ? Il est aussi grand menteur qu'homme. Mais bon, maintenant, en mettant tous les côtés dans les blagues, Jim ne sait même pas comment vous répondre. Si vous n'y croyez pas... demandez-lui quelque chose.

MARGUERITE.
(A Jim) Tu m'aimes beaucoup, Jim ?

JIM.
(Avec enthousiasme) Ouais, Daisy, je le ferai.

DAVID.
(Triomphant) Tu vois ça ! Je t'ai dit qu'il ne savait pas comment répondre à personne comme toi. S'il parlait à certaines de ces vieilles filles drôles de la ville, il leur répondrait parfaitement. Mais il doit apprendre à vous répondre. Maintenant, demandez-moi quelque chose et voyez comment je vous réponds.

MARGUERITE.
Est-ce que tu m'aimes bien, Dave ?

DAVID.
(Très correctement, d'une voix de fausset) Oui madame ! C'est une façon de répondre à des gens formidables comme vous. De plus, nous prouverons moins lequel d'entre nous aime vous faire le mieux en ce moment. (À JIM) Jim, combien de temps passerais-tu dans le gang pour Dis 'Oman ?

JIM.
Vingt ans et j'aime ça.

DAVID.

Tu vois ça, Daisy ? Ce nègre ne veut pas perdre de temps pour toi. Je prierais le juge de me donner la vie. (JIM et DAVE rient)

MARGUERITE.

Vous faites tous ces livres ici sur la voie ferrée, mais je parie que vous êtes tous fous de Bootsie, Teets et tout un tas d'autres filles.

JIM.

Croisez les pieds et espérez mourir ! J'aurais préféré voir toutes les autres femmes du monde mortes plutôt que que vous ayez mal aux dents.

DAVID.

Si j'étais mort et qu'une autre femme s'approchait de mon cercueil, le croque-mort devrait faire son travail partout... parce que je me relèverais et m'en irais. De plus, Miss Daisy, madame, madame aussi, laquelle serait plutôt une alouette en vol ou une colombe en décor... madame, madame aussi ?

MARGUERITE.

Bien sûr, je préférerais être une colombe.

JIM.

Miss Daisy, madame, madame aussi... si vous épousez ce nègre au-dessus de ma tête, je vais m'offrir un club de hickory vert et l'assaisonner sur votre tête.

DAVID.

Ne te laisse pas embêter, bébé... papa parent prend soin de toi. (À Jim) Compter du doigt (Adapter l'action au mot) jusqu'au pouce... commence tout ce que je t'en ai.

JIM.

Oh, je ne veux plus me battre avec toi, Dave.

DAVID.

Qui a parlé de combat ? Nous venons juste de prouver qui aime le plus Daisy. (À DAISY) Maintenant, selon vous, lequel d'entre nous t'aime le plus ?

MARGUERITE.

Acte, je ne sais pas, Dave.

DAVID.

Bébé, je marcherais sur l'eau pour toi... et porterais une montagne sur ma tête pendant que je marche.

JIM.

Tu sais ce que je ferais, chérie, bébé ? Si vous étiez à des milliers de kilomètres de chez vous et que vous n'aviez pas d'argent liquide et que vous deviez marcher tout le chemin, marcher jusqu'à ce que vos pieds commencent à rouler, comme une roue, et que je roulais tout en haut Dans le ciel, je reculerais de cet avion juste pour rentrer chez moi avec toi.

MARGUERITE.
(Tombe au cou de JIM) Jim, quand tu me parles comme ça, je ne peux pas le supporter. Moins nous nous marierons en ce moment.

JIM.
Maintenant, tu parles comme un orthographe à dos bleu. Allez-y moins !

DAVID.
(Malheureusement) Tu vas me laisser lak dis, Daisy ?

MARGUERITE.
(Malheureusement) Je t'aime bien aussi, Dave, c'est vrai. Mais je ne peux pas vous marier tous les deux en même temps.

JIM.
Oh, allez, Daisy... le soleil commence à baisser. (Il commence à tirer DAISY)

DAVE : Qu'est-ce que je vais faire ? (Marchant après eux)

JIM.
Gwan revient et danse... tu fais semblant que tu n'as pas besoin que je joue aucun rôle.

DAVID.
(Presque en larmes) Oh, Jim, merde ! Où allez-vous?

(DAISY s'arrête brusquement et arrête JIM)

Daisy : C'est vrai, chérie. Où allons-nous, sho nuff ?

JIM.
(Malheureusement) Acte, je ne sais pas, bébé. Ils m'ont juste condamné à y aller... ils n'ont pas dit où et je ne sais pas.

MARGUERITE.
Comment allons-nous ne pas savoir comment y aller quand nous ne savons pas où nous allons ?

(JIM regarde DAVE comme s'il attendait de l'aide mais DAVE reste tristement silencieux. JIM fait quelques pas en avant comme pour continuer. DAISY fait un pas ou deux, à contrecœur, puis regarde derrière elle et s'arrête. DAVE a l'air de les suivra.)

MARGUERITE.
Jim ! (Il s'arrête et se retourne) Attends une minute ! Que faisons-nous quand nous y sommes ?

JIM.
Où?

MARGUERITE.
Où allons-nous ?

JIM.
Je t'ai déjà dit que je ne sais pas où c'est.

MARGUERITE.
Mais comment pouvons-nous trouver quelque chose à manger et un endroit
où rester ?

JIM.
Jouer et danser… comme je le fais.

MARGUERITE.
Tu ne sais pas danser et Dave ne viendra pas là.

JIM.
(Il regarde DAVE d'un air attrayant, puis s'éloigne rapidement) Eh bien, je
n'y peux rien, n'est-ce pas ?

MARGUERITE.
(Vivement) Je te dis quoi, Jim ! Moins nous n'allons nulle part. Ils vous ont
condamné à quitter Eatonville et vous vous trouvez déjà à plus d'un mile des
limites de la ville. Vous êtes à Maitland maintenant. Supposons que tu
viennes vivre chez les Blancs avec moi après notre mariage. Eatonville n'a
rien à voir avec toi qui vis à Maitland.

JIM.
C'est une bonne idée, Daisy.

MARGUERITE.
(sautant dans ses bras) Et écoute, chérie, tu n'as pas à être redevable envers
Dave ni envers personne d'autre. Vous pouvez jeter cette vieille boîte si vous
le souhaitez. Je sais que tu peux trouver un bon travail ici.

JIM.
(d'un air penaud) Tu fais quoi ? (Regarde sa guitare avec amour)

MARGUERITE.
(Presque dansant) Homme de cour. Tout ce que vous avez à faire est de laver
les vitres, de balayer le trottoir, de nettoyer les marches et le porche, de biner
les mauvaises herbes, de ratisser les feuilles et de creuser quelques trous de
temps en temps avec une bêche... pour planter des arbres et des choses
comme ça. C'est un bon travail stable.

JIM.
(Après une longue délibération) Vous voyez, Daisy, le maire et la corporation m'ont dit de partir et je devrais y aller.

MARGUERITE.
Eh bien, je ne vais pas tomber sur une voie ferrée comme un chat maltais. Je n'ai pas été élevé en allant d'ici à là-bas.

JIM.
Eh bien, je n'ai pas été élevé sans pelle à la main… et je ne vais pas commencer maintenant.

MARGUERITE.
Mais chérie, nous devons vivre, n'est-ce pas ? Nous devons mettre la main sur de l'argent avant de faire quoi que ce soit. Je ne veux pas rester dans la cuisine des Blancs toutes mes journées.

JIM.
Ouais, tout cela est vrai, mais tu ne peux pas acheter à une puce une veste de valse avec l'argent que je vais gagner avec une houe et une pelle.

MARGUERITE.
(en larmes) Tu ne veux pas de moi. Tu ne m'aimes pas.

JIM.
Oui, je l'aime, chérie, je t'aime. C'est vous qui laissez un chat s'interposer entre nous. (IL la caresse) Je t'aime et toi seulement. Vous ne me voyez pas introduire toute une panoplie d'outils agricoles dans nos affaires, n'est-ce pas ?

MARGUERITE.
(avec raideur) Eh bien, je ne vais pas épouser un homme qui ne va pas travailler et prendre soin de moi.

JIM.
Cela ne me dérange pas de travailler si le travail n'est pas trop lourd pour moi. Je ne vais pas m'embêter avec rien de plus lourd dans mes mains que cette boîte… et je la porte autour de mon cou la plupart du temps.

(DAISY fait un geste désespéré alors que JIM s'éloigne d'elle d'un pas ou deux. Elle se tourne finalement vers DAVE.)

MARGUERITE.
Eh bien, je pense que c'est de toute façon que tu m'aimes le plus. Tu ne me parlerais pas comme Jim, n'est-ce pas, Dave ?

DAVID.
Non, je ne dirais pas du tout ce qu'il a dit.

MARGUERITE.
(se blottissant contre lui) Que dirais-tu, chérie ?

DAVID.
Je dirais que cette boîte était trop lourde pour que je puisse la tromper. Je ne porterais rien de plus lourd que mon chapeau et j'ai l'impression de m'occuper de temps en temps avec ça.

MARGUERITE.
(Indigné) Tu ne veux pas travailler sans rien faire ?

DAVID.
Je ne lècherais pas un serpent.

MARGUERITE.
Je ne t'en veux pas, Dave (il regarde ses pieds) parce que transporter tes pieds suffit à briser ta constitution.

JIM.
(facilement) C'est bon... ces pieds-là ont mis plein de pain dans nos moufs.

DAVID.
Pas par eux-mêmes cependant... avec l'aide de cette boîte, Jim. Quand tu es connard en train d'avoir des crises sur cette boîte, mon garçon, mes pieds sont hystériques. Daisy, tu épouses Jim parce que je ne veux pas m'interposer entre vous. C'est mon copain.

JIM.
À bien y penser, Dave, elle était la première à toi. Vous prenez et manipulez cette pelle pour elle.

DAVID.
Vous l'avez entendue dire que c'est tout ce que je peux faire pour lever ces pieds et les poser. Où vais-je aller à tout moment pour me battre avec des houes et des pelles ? Vous êtes mieux que moi. Tu as gagné Daisy... J'abandonne. Je ne vais pas mordre aucun de mes frens dans le dos.

MARGUERITE.
Vous deux, les nègres, vous pouvez mettre votre chapeau et votre tête et continuer sur la route. Aucun de vous n'est obligé de m'avoir. J'ai un bon travail et plein d'hommes me demandent ta chance.

JIM.
C'est vrai, Daisy, tu vas te chercher un de ces hommes qui ne te dérangent pas de sentir les mules... et de battre les Blancs jusqu'à la grange tous les matins. Je ne veux pas être dérangé par rien d'autre que cette boîte.

DAVID.
Et je ne peux pas forcer avec rien d'autre que mes pieds.

(DAISY s'éloigne lentement dans la direction d'où elle est venue. Tous deux la regardent avec un peu de nostalgie pendant une minute. Le soleil se couche.)

DAVID.

Je suppose que je ferais mieux d'être sur le dos... il fait très sombre. Où vas-tu Jim?

JIM.

Je ne sais pas, Dave. En bas de la route, je pense.

DAVID.

Whyncher, reviens en ville. Ça ne sert à rien de parcourir la voie ferrée une fois que tu auras une maison.

JIM.

Ils m'ont bien puni pour t'avoir frappé avec cet os.

DAVID.

Ce n'est rien. C'est ma tête que tu as frappé. Et si je ne sais pas, qu'est-ce que ces vieux nègres à croupe laid doivent faire avec ça ?

JIM.

Ils ne me laisseront peut-être pas venir en ville.

DAVID.

(saisissant le bras de Jim et lui faisant face vers la ville) Ils feraient mieux ! Écoute, Jim, s'ils essaient de te garder en dehors de cette ville, nous irons dans ce marais nous donnerons un morceau d'os de mulet et nous viendrons en ville faire bouillir ce ragoût jusqu'à obtenir une sauce légère.

JIM.

Tu veux dire ça, Dave ? (DAVE hoche la tête avec impatience) Nous n'étions pas en colère l'un contre l'autre, de toute façon. (avec agressivité) Allez, retourne moins en ville. Ces têtes de maillet feraient mieux de me laisser tranquille aussi. (prend un gros bâton) J'aimerais que Lum vienne me parler de la loi quand j'aurai toute cette loi entre mes mains. Et le reste de ces gabarits à face d'alligator, s'ils n'ont pas tout un tas d'os de mulet et une bonne détermination, ils feraient mieux de ne pas faire de dégâts. Allez, mon garçon.

(ILS repartent ensemble vers la ville, JIM choisit un air de danse sur sa guitare, et DAVE coupe les pas sur les cravates à côté de lui, chantant, caracolant et joyeusement, ils sortent, à droite, alors que

www.ingramcontent.com/pod-product-compliance
Lightning Source LLC
LaVergne TN
LVHW041749190726
843493LV00008B/2520